숲속의 빈터

숲속의 빈터

최윤

작가
정신

개정판 작가의 말

잊을만하면 연락을 취하는 친구는 귀중하다.
그렇게 잊을만하면 되돌아오는 작품이 있다.
마음먹고 다시 한 번 천천히 읽어본다.
생소하고 친밀하다. 재회가 늘 그렇듯이.

오래전,
정체 심한 도시 한복판에서 깜빡 눈을 감은 순간,
북유럽의 환상적인 전나무 숲이 눈앞에 펼쳐진 것을
보았다.
그 작은 사건에서 이 작품이 나왔다.
우리 내면의 황량한 빈터로 걸어 들어가는 일은
쉽지 않다.

그러나 그 빈터를 가로지르지 않으면

그 자리에 전나무 숲을 키울 수도 없다.

어떤 때, 작품 쓰기는 빈터에 나무 심는 일이다.

『숲속의 빈터』가 황량한 빈터에

한 그루 전나무 역할을 했으면 좋겠다.

작품에 새 옷을 장만해주신

〈작가정신〉에 감사드린다.

2017년 5월

최윤

바라만 보자. 약간 높은 곳에서. 그러나 너무 높지는
않게.

침묵하는 연습을 해보자. 꼭 할 말이 있을 때. 불화나
회한으로 시끄러운 침묵이 아닌, 완전공백의 침묵을 연
습하자.

가끔 나 자신에게 이런 숙제를 낸다. 목적도 의무도
없이 열심히 한다.

때로는 하루. 때로는 일주일. 유년에 자주 하던 놀이다.

공기놀이처럼, 고무줄놀이처럼.

어릴 때 어둡고 무료하면 하던 놀이를 오래간만에
해보았다.

최소한의 평화가 놀이의 끝이다.

가끔 따로 떼어놓고 보고 싶은 얼굴들이 있다. 여러 사람들 사이에 끼여 보았으나, 슬쩍 한번 따로 만나 얘기를 나누고 싶은 호기심이 이는 얼굴들.

『숲속의 빈터』가 그런 얼굴에 속하는 작품인지, 나는 알지 못한다. 그러나 읽는 이의 마음에, 따로 만나 얘기해보길 잘했다, 는 생각이 만들어지기를 바라본다.

1999년 1월
최윤

차례

"연한 녹색 타일이 좋겠는데……. 어떻게 생각해? ……여보?"

비록 장난이라고 해도 우리는 아직까지 '여보'라는 말을 그럴듯하게 쓸 줄 모른다. 그도 나도 이런 호칭을 별로 좋아하지 않는다. 거기서는 오랫동안 습관이 되어 있는 사람들에게서 맡을 수 있는 곰팡이 냄새가 난다. 이미 서로에 대해 뻔히 알아버려 할 얘기가 오래전에 바닥이 난 사람들. 서로의 이마에 조금씩 늘어나는 주름살을 세어주거나, 침침한 시력을 돋보기로 돋우면서 잠자기 전 서로의 등을 긁어주는 늙은 부부 냄새.

그걸 좋아하는 사람들도 있다. 우리도 늙으면 어떻

게 될지 모르지만, 지금은 생각만 해도 싫다. 물론 우리는 그다지 젊지는 않다. 우리는 동갑이다. 작년에 삼십을 넘었으면 젊은 것은 아니다. 그렇다고 물론 늙은 축에도 못 낀다. 어중간하다. 우리는 이렇게 어중간한 나이에 우리로서는 쉽지 않은 결정을 내렸다. 같이 살아보기로 한 것이다.

우리 사이의 반말도 그렇다. 반말에 '여보'란 문법적으로 어울리지 않는 것 같다. 정말 그런지 안 그런지는 그런 걸 잘 따질 줄 아는 전문가에게 물어봐야겠지만 느낌이 그렇다는 얘기다. 이 마을로 이사 오면서 우리는 한 가지 규칙을 만들었다. 사람들이 보는 데서는 결혼한 지 오래된 부부처럼 '여보'라고 부르자고 한 것이다. 하고 보니 껄끄럽지만 한 달에 한두 번 정도 못 할 건 없다.

엄밀한 의미에서 부부가 아닌데도 같이 살기로 결정하자마자 우리가 생각한 것은, 우리를 아무도 모르는 동네로 이사하는 것이었다. 사실 서울은 너무 커서 아무 동네나 가서 살아도 우리를 아는 사람을 만나기는 쉽지 않았을 것이다. 만나서 다투고 성격을 맞추고 사랑하게 되는 길고 긴 과정도 쉽지 않았는데, 결혼하지 않고 같이 살자는 결정은 쉬웠겠는가. 그렇다고 숨어 살자는 의도로 이리로 이사 온 것은 아니다. 자기들끼리는 엄청난 짓거리를 벌이면서도 우리 같은 사람들을 보면 세상의 끝이라도 봐버린 것처럼 펄쩍 뛰는 사람들이 있지 않은가. 그들을 놀래키거나 공연한 얘깃거리를 제공해 쉽지 않은 우리 처지에 고민거리를 하나 더 덧붙이기 싫었던 것이다. 우리의 결정에 대해 남들이 이러쿵저러쿵 말하는 것도 골칫거리라면 골칫거리다. 우리는 단순하게 행복하게 살고 싶었다.

이 마을로 이사 오면서 우리의 목표는 바로 그거였다. 단순하고 행복하게. 알레그로 비바체 하는 식으로 말이다. 부부도 아니면서 서로를 '여보'라고 부르는 것이 풍속에 어긋나는 것인지, 그것도 나는 잘 모른다. 그도 마찬가지일 것이다. 그렇지만 이따금, 지금처럼 집에 누가 찾아왔을 때, 그때만 그렇게 부르면 되는 것인데, 그다지 까다롭게 따질 필요는 없을 것이다. 그냥 해보는 장난 같은 거니까.

그의 이름은 민구다. 민구는 내가 사랑하는 사람이다. 최소한 나만큼, 어쩌면 나보다 조금 더 나는 민구를 사랑한다.

"파란색이 낫지 않니? 코발트블루 같은 거."

그가 마당에서 삽질을 하다가 건성으로 대답한다. 그가 연두색이나 분홍색, 뭐 이런 종류의 색깔에 둔감하다는 건 알고 있다. 말은 그렇게 했지만, 아마 여러 종류의 파란색을 늘어놓고 코발트블루가 어떤 것인지 알아맞춰보라고 해도 모를 것이다.

"그런 파란색 타일을 쓰면 꼭 수족관이나 수영장 같지 않을까?"

"물속에 들어가면 다 물고기지 뭐, 안 그래?"

우리는 목욕탕에 붙일 타일의 색을 고르고 있는 중이었다. 한 묶음의 견본색종이 뭉치를 들고 마루에 앉아 있는 것은 나고, 그는 며칠 전, 사람이 와 마당에 부려놓은 흙더미를 흩어지지 않게 한 곳으로 모으고 있는 중이다. 우리는 목욕탕을 만들기로 했다. 그것도 우리 손으로. 우리가 찾는 단순한 생활을 시작하는 데 있어, 이 집에 부족한 것은 그것뿐이었다.

"그러면 이거로 하시죠. 가끔가다 이걸 박고요."

타일 가게에서 온 사람은 코발트블루 정도 될 파란색 견본지 한 귀퉁이를 접고, 같은 색 바탕에 자주색 꽃무늬가 박힌 타일을 보여주면서 말했다. 아마 가장으로 보이는 민구의 의견을 힘껏 미는 것이 안전하고, 빠른 결정이 나리라고 생각한 모양이다. 타일 가게 사람은 되도록 이 손님들의 마음이 바뀌기 전에 빨리 일을 처리하고 떠나버리고 싶은 기색이 역력했다. 말 없고 불친절한 이 사람이 마음에 들지는 않지만 어쩌겠는가. 무려 일주일을 꼬박 기다려서야 맞이하게 된, 읍에서부터 출장 온, 이 부근에서 단 하나밖에 없는 타일 가게 사람이었다.

"와서 좀 보면 안 돼?"

"어이, 그거 그냥 네가 정해라, 여보."

그래서 나는 그렇게 정했다. 파란색 타일에 연자줏빛 꽃이 박힌 역시 파란색 바탕의 타일을 간간이 집어넣는 거로. 공사를 맡기로 한 사람은 목욕탕이 될, 지금까지 헛간으로 쓰였을 작은 공간의 크기를 자로 재고는 대강의 견적을 냈다. 그러고는 타고 온 스쿠터를 타고 집 뒤를 돌아 언덕을 내려갔다. 따다다다, 따다, 그 사람이 멀어지는 소리가 들렸다.

우리가 이사한 곳은 시골, 아주 시골이다. 우리는 서울의 변두리를 다 뒤지다가 조금씩 서울에서 멀어졌고 어느 날, 아주 멀어졌다. 그리고 이 집을 발견했다. 시골인데도 언덕 아래까지 번듯한 아스팔트가 깔려 있다.
집 앞까지 올라오는 언덕도, 시멘트를 부어 대강 만든
것이지만 길이 나 있다. 조금 가파르지만 그 정도는 아
무것도 아니다. 이 집은 우리에게는 일종의 신혼살림집
같은 거다.

　우리는 결혼반대주의자들은 아니다. 고향을 떠나 오
랫동안 도시에서 혼자 살다 보니 그럭저럭 나이가 들었
고, 그러다 보니 나도 그도 결혼에 대해 껄끄럽게 생각
하고 있기는 하다. 그렇지만 우리는 때가 되면 결혼할
것이다. 그게 꼭 필요하다고 느껴지는 그런 때가 오면
말이다. 그 절차를 밟기 전에 우리는 같이 살아보기로
결정한 것이다. 요즈음에는 누구나 조금은 결혼강박증
이 있으니까. 물론 가족들은 민구와 내가 사귀고 있는
것은 알고 있지만 이 결정에 대해서 우리는, 시골에 있
는 나의 부모에게도, 그의 집안에도 말하지 않았다. 어
떻건 우리의 새생활에 이런 시골집은 정말 안성맞춤이
었다. 마치 세상의 끝까지 돌아다니다가 마침내 보금자
리를 찾은 철새 두 마리처럼 우리는 행복했다. 서울로
올라온 이래 나만 해도 아홉 번이나 거처를 옮겼으니
그렇게 말한다고 해서 과장된 것은 아니다.

나는 흔히들 서울 위성도시라 부르는 A시의 작은 종합병원 검사실에서 간호사로 근무하고 있다. 병원에 오는 환자들의 혈액이나 소변 같은 것을 채취하고 검사하는 것을 관리하는 것이 내 일이다. 그 이외의 복잡한 검사는 다른 곳에 의뢰해야 할 정도로 이름뿐인 검사실이다. 나쁘지 않은 직장이라 생각한다. 그렇다고 아주 만족스러운 것은 물론 아니다. 당직 일도 자주 돌아오고 야근도 많은 편이지만 다음 날은 맘껏 쉴 수 있다. 월급도 좋지 않은 편이고 일은 고되다. 그래도 좋다. 집으로 돌아오면 시선을 줄 수 있는 푸른 산이 사방에 있으니.

병원으로 오기 전에는 서울의 한 제약회사에 딸린 간호실을 담당하고 있었는데, 그 회사에 입사한 그를 만나면서 이 병원으로 옮기게 되었다. 민구는 여러 회사를 전전하다가 내가 일하던 제약회사에 들어와 사보 편집일을 맡고 있었는데, 근무 중에 갑작스레 코피를 쏟아 그가 간호실로 뛰어들어왔고, 그걸 계기로 우리가 만나게 되었다. 아무래도 한 직장에서 같이 일하는 것이 불편했기 때문에, 그리고 내가 직장을 옮기는 것이 수월했기 때문에 지금 있는 작은 병원으로 직장을 옮기게 되었다. 평범한, 자주 일어나는 일이 우리에게 일어났을 뿐이다.

민구는, 나보다도 특히 민구는 직장을 좋아하는 편이 아니다. 그는 집에서 할 수 있는 일을 찾고 있다. 이곳에서 사는 것이 정말 우리 마음에 맞으면, 어쩌면 우리는 직장을 그만두고, 비록 몇 푼 안 되지만 우리 둘의 퇴직금을 모아 가까운 읍내에 상점 같은 것을 차릴는지도 모른다. 평소보다 배 이상 걸리는 출퇴근 시간마다 우리는 그런 얘기를 한다. 못 할 것도 없을 것 같다. 글쎄, 무슨 가게를 차린담. 낚시도구점 같은 거? 산 하나 넘으면 거기에는, 주말이면 낚시꾼들이 심심치 않게 모여드는 웬만큼 큰 저수지가 있으니. 아니면 꽃가게나 팬시점? 그렇지만 드문드문 농가가 있을 뿐인 이런 산골 마을에서 누가 그런 것을 사 갈까. 아직 우리는 마음에 꼭 드는 대안을 가지고 있지 못하다. 그러나 그에 대한 생각을 우리는 꾸준히 할 작정이다.

나는 어렸을 때는 비행사를 꿈꾸었지만 어찌어찌하다 보니 간호사로 일하게 되었고 이 정도의 나이에 이르렀으니 작업이 쉽사리 변하지 않을 것 같다. 민구는 높은 망루에 갇혀 별이나 관찰하며 세상에 대해 명상하는 고독한 철학자가 되고 싶었단다. 그렇지만 제약회사의 사보 만드는 일을 하고 있다. 그렇지만 괜찮다. 누구나 이루고 싶은 것을 모두 다 이루는 것이 아닌 것 정도는 알고 있다. 일은 일이다, 그리고 인생은 다른 곳에 있다, 고 우리는 생각하는 편이다. 그 다른 곳에 있는 인생을 시작해보려고 그와 나는, 서울 근교의 시골을 찾을 것이다. 주말마다 돌아다녔고 이 집을 찾았다. 의견을 낸 것은 나였지만, 도시에서 커서 도시에서 자란 그도 용감하게 동의했다. 남들에게는 시시하고 작은 일일지 모르지만 적어도 우리는, 그와 내가 만나면서 이루고 싶었던 일을 하나는 이룬 셈이다. 전세비도 싸고, 매해 펄쩍 뛸 정도로 집세가 오르는 일도 없을 것이다. 설령 그렇다 해도, 목욕탕을 만들고 이곳이 우리 마음에 든다면 상관없다. 우리는 각자 약간의 저축금이 들어 있는 통장을 가지고 있다. 무슨 일이, 언제, 우리에게 닥칠지 모르니까.

시골에 집을 얻자고 주장한 것은 나였는데, 그건 꼭 같이 살아보자는 결정 때문만은 아니다. 그렇다고 이런 시골 마을까지 들어올 필요는 없었을지도 모른다. 그건 무엇보다도 어느 날 내게 일어난 작은 사고 때문이었다. 시골에 살게 된 간접적 원인이 된 그 이상한 일을 나는 아무에게도 말하지 않았다. 민구에게조차도. 왜 그랬는지는 모르지만 괜히 그에게 말을 하면 좋지 않은 일이 생길 것 같아서였지. 거짓말을 하려는 것은 아니었다. 그게 뭐 그리 중요한 일이라고.

그 일은 처음, 일 년 전에 일어났다. 근무를 마친 나는 집으로 가기 위해서 차를 타고 혼잡한 시내의 도로를 지나고 있었다. 무슨 사고가 일어났던 모양으로 무한정, 차는 조금도 움직이지 않고 있었다. 그런데도 성급한 차 몇 대가 중앙선을 넘어 반대편 길로 가려고 하다가 두 대의 차를 박아버려 상황은 더 아수라장이 되었다. 그 틈을 타 갓길을 달리는 차 한대를 엄중히 비난하기 위해 내 주위를 둘러싼 여러 대의 차가 열렬히 클랙슨을 울려댔다.

바로 그때 그 일이 일어났다. 중앙선을 가운데에 두고 양쪽으로 정체해 있던 차의 대열이 한순간 비워지면서 그 자리에 내가 한 번도 본 적이 없는 풍경이 들어섰다. 북방의 어느 나라에서나 볼 수 있는 키 크고 늠름한 전나무 숲이 길 양쪽으로 나 있고, 그 사이로 끝도 없이 이어지는 눈 덮인 흰 길이 쫙 펼쳐져 있었다. 나는 현실에서 그런 풍경을 한 번도 본 적이 없다. 그런데 그 난생

처음 본 풍경은 내게 싸한 아픔을 불러일으키면서, 마치 전신마취에서 깨어날 때와도 같은 안락한 느낌으로 나를 감싸 안았다. 전나무 숲에 둘러싸인 그 길 한중간에 몸을 누이고 쉬고 싶은 그런 평화와 안락의 느낌.

나는 눈을 감고 그냥 운전대 위에서 잠들어버렸던 것 같다. 길어야 일 분, 아니면 오 초. 어디선가 먼 곳에서 울려대는 빵빵대는 소리를 들으며 나는 다시 깨어났다. 뒤에 있는 차의 운전자는 어느새 내 차의 창문 앞에 서서 험악한 얼굴로 무언가 외치고 있었다. 갑작스레 되찾은 각성 상태에서 일어난 현기증을 가누고 나는 다시 차에 시동을 걸었다. 차창을 열고, 험악한 얼굴로 다가온 뒤차의 운전자에게 미안하다고 말했다. 그뿐이었다. 그렇지만 결정적이었다. 그 비슷한 일이 한두 번 약한 강도로 다시 일어났다. 짧고, 덜 구체적이었지만, 사고가 일어날 가능성은 더 컸다고 할 수 있다. 그때마다 나는 대로를 달리던 중이었으니까. 운전대를 잡고 그 이상한 마비 상태에 들어갔다고 상상해보라. 누구라도 무섭지 않겠는가.

그러나 그토록 목마르게 시골집을 찾은 이유가 그뿐인가. 이유를 대라면 많다. 그중에 화란이의 존재도 우리가 이사하게 된 중요한 이유 중 하나다. 화란이는 우리가 기르는 개 이름이다. 진종인지 잡종인지는 알 수 없지만 민구의 고등학교 동창이 우리가 만난 날을 기념하기 위해 친구들과 모였을 때, 진돗개라면서 선물로 준 것이었다. 그러니까 이 년 전 일이다. 나는 이리로 이사 오기 전에 방 한 칸짜리 아파트에 혼자 살고 있었는데, 그 아파트에는 나처럼 혼자 사는 사람들이 적지 않았다. 화란이는 특히 목청이 뛰어나다. 기뻐도 짖고 슬퍼도 짖고 무서워도 짖었다. 드높고 날카로운 목소리로. 아마 사람으로 태어났다면 분명 소프라노 가수쯤 됐을 것이다.

내가 직장에 가고 없을 때는 집 안에 갇혀서 하루 종일 짖어대는 것인지, 귀가할 때 문 위에 항의 쪽지가 서너 번 나붙곤 했다.

303호 집입니다. 댁의 강아지 짖는 소리 때문에 생활에 지장이 많습니다. 원래 아파트에서는 개를 기르지 않도록 되어 있으니 규정을 지켜주시기 바랍니다…….

위층, 아래층 사람에게서 비슷한 쪽지를 한두 번쯤은 받았다. 그렇지만 어쩌란 말인가. 화란이는 내 식구인데. 나는 조심을 시키고 조용히 하는 훈련을 시켰다.

22

그런데 나의 이웃 독신들은 특별히 개 짖는 소리에 과민하고 혹독한 것인지, 어느 날 반상회에서 결정한 사실이라면서, 마침 민구가 와 있는 저녁나절 들이닥쳤다. 아파트 규칙을 어겼으니 당장 화란이를 '처치'하거나 정 그럴 수 없으면 화란이의 성대를 제거하라는 명령이었다. 민구와 나는 그들의 처사에 격앙했고 분노했다. 어떻건 이사를 해야 했다.

만약 이 오래된 시골집 반대편에 있는 야산에 전나무가 없었더라도 나는 이 집을 고집했을까. 복덕방을 따라 언덕을 올라오자마자 내가 시선을 던진 것은 정작 이 집 쪽이 아니었다. 멀리 시선을 돌렸을 때 바로 건너편, 앞산의 정경이 나를 사로잡았던 것이다. 오월의 숲은 무성하고 깊었다. 그 짙어 보이는 산 중턱에 더욱 희게 드러나는, 어울리지 않는 빈터가 있었지만 그것이 눈앞을 가득 채우는 숲의 아름다움을 망쳐버릴 정도는 아니었다. 적어도 그때, 나는 그렇게 생각했다. 벌써 내 마음이 그 숲을 마주 보고 있는 이 집에 이끌려 있었기에. 글쎄, 그 숲의 어디가 내 몽상 속의 전나무 숲을 닮았다는 것일까. 어떻건 몇 그루 모여 있는 전나무가 있기는 했다. 왜냐하면 그 북구의 전나무 숲을 본 후, 나는 전나무에 대해 좀 더 자세히 알게 되었고, 전나무만은 어디서나 알아볼 정도가 되었기 때문이다. 어떻건 그 몇 그루의 나무들이 단번에 이 집을 선택하는 계기가 된 것만은 사실이다.

이 마을에는 값싸게 세낼 수 있는 집이 다른 곳보다 많았다. 버려진 집이 적잖이 있었으니까. 이런 곳이 아직도 서울에서 한두 시간 정도만 가면 되는 곳에 존재하다니! 게다가 이런 종류의 마을에서는 드물게, 도로 포장은 또 얼마나 잘돼 있는가. 설령 우리의 고물 자동차가 고장이 난다 해도, 대중교통 편도 그다지 까다롭지 않은 편이다. 근처에 명소라고는 작은 저수지 하나뿐인데 가게도 많다.

그런 것에 비하면 우리가 택한 이 집은 마당 끝이 낭떠러지 비슷한 곳에 위치하고 있어서 안전한 느낌을 주지는 않는다. 허술하고 낮은 시멘트벽이 마당을 둘러치고 있을 뿐이다. 집도 아주 낡았다. 이것저것 따져보아 꼭 일등집이라고 할 수는 없다. 그렇지만 우리에게는 아이가 없어 굴러떨어질 것을 걱정할 필요가 없고, 지붕도 수리했다고 하니 물 샐 염려도 없으며, 일단 청소를 하고 보니 실내는 밝고 방도 큰 편이다. 무엇보다, 집 건너편에는 이름도 모를 많은 나무가 제법 우거진, 다 듬어지지 않은 야산이 있다. 그 산속에 집이 하나 있고 거기에 사람이 살고 있다는 복덕방 주인의 말도 우리를 안심시켰다.

화란이는 벌써 집 앞의 가파른 언덕 밑으로 달려내려가는 것을 즐긴다. 성대를 잘리는 운명을 벗어났기 때문인지 여기 와서 화란이가 제일 행복해한다. 맘껏 짖는다. 처음에는 갑작스러운 시골 생활에 익숙하지 않아서 그런지 나나 민구의 귀에는 들리지도 않는 미미한 소리에도 짖어댔다. 아마도 서울의 아파트 안에 갇혔을 때처럼, 우리가 나가고 없을 때는 하루 종일 그렇게 앞산에 대고 짖을 일이 있을지도 모른다. 들쥐나 도마뱀, 멀리 지나가는 우체부……. 아무것이나 시야에 움직이는 것이 나타나면 화란이는 짖어댄다. 그럴 때 보면 화란이는 진짜 진돗개일지도 모른다는 생각이 든다.

전원주택을 열망하기에는 우리가 좀 젊다는 것이 나의 느낌이다. 게다가 이 시골집에 전원주택이라는 용어는 어울리지도 않는다. 그러나 자연을 좋아하는 데 나이가 있나. 어떻건 낡은 차 속, 도시 한가운데에서부터 눈 덮인 북구의 전나무 숲속까지 달려가 정신을 잃고 쓰러지는 일은 더 이상 내게 일어나지 않는다. 불안스러운 꿈자리에 시달리던 나의 수면도 되돌아왔다. 화란이의 성대를 절단해야 하는 위협도 없다. 민구는 민구대로 손볼 것이 많은 이 집을 보고 소년처럼 흥분한다. 그는 벌써, 제법 큰 공구상자를 구입했다. 거기엔 이름도 기능도 알 수 없는 복잡한 공구가 다 들어 있다.

집은 날림으로 지은 집이다. 방 두 개, 마루, 부엌 그리고 광 하나. 그래서 할 일이 많다. 마당은 구태여 어디까지라고 경계 지어 말할 필요가 있을까. 주변의 산, 들, 하늘까지 모두 우리의 정원인 셈이다. 집 앞뒤에는 웬만한 터가 있어 채마밭 정도를 만드는 데는 아무런 문제가 없다. 땅이 그다지 비옥한 것 같지는 않지만 우리는 땅을 가꿀 만반의 마음 준비가 되어 있다.

우리가 집을 보러 왔을 때, 집은 비어 있었다. 집은 얼마 전부터 비어 있었다고 한다. 집주인은 서울에 살고 있는 아주 바쁜 사람이라서 우리는 맘 좋게 생긴 복덕방 사람을 믿고 계약을 했다. 집주인과는 여러 차례 전화 통화를 했고 민구가 시내에서 한 번 만나본 적도 있다. 민구가 알아보니 아무런 하자도 서류에 나타나지 않아 걱정하고 의심할 것은 없다고 본다.

아침 일찍 눈을 뜨고 문을 열어젖히면 푸른 새벽의 대기 속에 시야 가득 가슴이 터질 정도로 가득한 안개의 흰 파도가 바람에 난무한다. 아! 하는 감탄사가 저절로 나온다. 뒷산에서는 가끔 꿩이 내려온다고도 한다. 집을 보러 왔을 때 복덕방으로부터 들은 얘기다. 그렇지만 아직까지 꿩을 보지는 못했다. 더 먼 쪽으로 고개를 들면, 저런! 작은 섬들이 떠 있는 바다가 보인다. 아니 꼭 그런 것 같다. 짙은 안개 사이로 띄엄띄엄 검게 드러나는 논이나 밭의 짙은 녹색이 안개 바다에 떠 있는 섬같이 보인다. 깊고 편안한 잠만이 만들 줄 아는 고른 리듬, 민구의 따뜻한 호흡이 가까이서 귀밑머리를 간질이는 그런 아침. 나도 다시 방으로 들어와, 조금만 더, 하면서 잠을 청한다. 물론 능장을 부릴 수 있는 주말 같은 때.

그루잠을 자고 깨어 일어나 다시 바라보면 어느새 뜰에 가득한 햇살. 마당으로 걸어 나와 몇 걸음 뒷걸음질 쳐서 집의 모양을 바라본다. 뒤로 멀리 보이는 구릉을 배경으로 나지막한 지붕과 넓은 마루, 창틀이 낡은 유리창까지 그림처럼 아름답다. 적어도 그때까지 그것

은 내가 본 풍경 중에서 가장 아름다운 풍경이었다. 그
저 지나치는 풍경이 아니라, 그 속에 민구가 있고 화란
이가 있고 그들을 바라보는 내가 들어가 있는, 우리의
풍경이었으니까.

이런 집에 목욕탕이 없다니! 그건 말이 안 된다. 피곤
한 일과를 마치고 돌아와 향긋한 비누 거품이 이는 따뜻
한 물에 몸과 마음을 담그는 즐거움을 포기할 수는 없지
않는가. 집을 다 둘러보고 난 다음에도 계약이 늦어진
원인은 바로 이 집에 목욕탕이 없다는 것이었다. 그래도
역시 전나무 몇 그루가 시야를 씻어주는 앞산의 매력은
목욕탕이 없는 이 집의 결정적인 결점을 압도했다.

우리는 이사 와서 얼마 지나지 않아, 찬장, 선반, 빗
자루걸이, 전기선 같은, 집 안에 설치해야 할 것들의 자
질구레한 목록을 써내려가다가, 그 속에 목욕탕을 집어
넣게 되었다. 여러 면으로 목욕탕을 설치하는 것은 우
리에게 무리가 되었지만, 우리는 적어도 목욕탕만큼은
우리 손으로 만들어보기로 마음먹은 것이다. 사실 이사
온 직후, 우리는 휴가를 받고 싶었다. 우리가 그토록 바
라던 새생활을 기념하기 위해 사나흘간의 해외여행을
생각했던 것이다. 신혼여행처럼. 필리핀의 외딴 휴양

섬, 홍콩과 마카오 혹은 발리 섬 여행……. 집세가 우리가 예상했던 것보다 쌌으니 돈을 번 셈치고 말이다.

그러다가 우리의 계획은 목욕탕 쪽으로 선회했다. 여행은 언제라도 갈 수 있다. 그렇지만 목욕탕이 없는 집은 아무래도 안락한 집이라고 할 수 없잖은가. 민구는 집주인에게 전화를 했다. 집주인에게서 광을 개조해 목욕탕을 만들려면 만들어도 좋다, 하려면 해라, 그렇지만 조금도 도울 수 없다, 는 단호한 대답이 돌아왔다. 이 계획은 우리한테는 너무 중요해서, 그나마 집을 개조하는 것을 허락한 집주인에게 감사해야 할 지경이었다. 민구는 건축업을 한 적이 있는 친척뻘 되는 사람에게 목욕탕 설치 공사의 절차와 조언을 구했고, 그것을 일일이 공책에 적었다. 물론 하다 보니 완전히 뒤죽박죽이 되긴 했지만.

우리는 한 달 전에 성급히 욕조부터 사 왔고 시멘트와 모래, 그것에 섞을 방수액 같은 것도 사다 날랐다. 그것들은 지금 마당 한 켠이나, 목욕탕으로 변할 광의 한 구석에 포대자락으로 덮여 있다. 매일 저녁 퇴근 후에 우리 손으로 조금씩 목욕탕을 만들어가는 일은 우리에게는 매우 중요한 의식이다. 직장과의 거리가 만만치 않아 집으로 돌아와 저녁을 마치고, 늦은 시간에 한두 시간 정도, 전등불을 마당까지 끌어내놓고 일할 수 있을 뿐이었지만. 허름하고 냄새나는 광이 시멘트가 잘 발린 번듯한 공간의 꼴을 갖추어가는 것에 우리는 새로운 생활의 성패를 걸었다. 그리고 우리의 시작은…… 90점 정도는 줄 만했다. 그렇게 목욕탕에 매달리느라 우리는 아직까지 마을 한 번 한 바퀴 제대로 돌아보지 못했다.

이제 배관공사 하는 사람이 와서 더러운 물을 시원스레 배수할 수 있는 땅속 배수관만 연결해 뚫어주면 되는 것이다. 그게 가장 중요하다. 그래야 나머지 일이 다 제대로 풀릴 수 있을 테니까. 그러면 우리는 욕조를 들여놓고 시멘트로 틀을 만들고, 그러고 나서 타일을 붙이면 되는 것이다. 그러면 드디어 이 집에도 목욕탕이 생긴다. 목적 있는 삶이란 참, 어쩌면 이다지도 신이 난단 말인가. 목욕탕을 설치하는 것 같은 시시한 목적일수록 더더욱.

매일 조금씩밖에 일을 할 수 없었기 때문에 시멘트 벽이 그다지 고르지 않았지만 우리는 그것을 보고 오히려 서로 바라보고 빙긋이 웃었다. 기술 부족으로 우

리가 만들어내고 있는 찌그러진 시골풍 목욕탕이 언젠
가는 유행이 될 거라고 싱거운 농담을 하면서. 그러다
가 농담은 꼬리를 물게 되고, 한밤중 사방이 까만색보
다 더 까만 앞산에 대고 웃을 때, 우리의 웃음은 메아리
가 되어 되돌아온다. 메아리! 메아리를 듣다니! 우리는
감격해서 서로를 껴안고 소리를 질렀고, 화란이도 우리
주위를 돌면서 맘껏 짖었다. 한밤중이라는 것도 잊고
말이다.

주중에는 우리가 같이 보낼 시간이 없기 때문에 목
욕탕이 웬만큼 제 꼴을 갖추어가고 있을 때 우리는 주
말에는 일을 하지 않기로 했다. 일찍 일어나 출근을 서
두르는 주중과는 달리 주말이면 우리는 늦게 일어난다.
아니 늦게 일어나는 것은 나다. 민구는 습관이 되어 평
소보다 기껏해야 한 시간 정도 늦게 일어나 나를 깨우
지 않으려고 누워서 뒤척거린다. 때로는, 지루하다는
듯 혼잣소리를 내며 나를 깨워보려는 시도를 한다. 그
렇지만 주말 아닌가. 그것도 매캐할 정도로 상쾌한 공
기가 콧속에 들어오는 시골집의 아침! 나는 모르는 척
누워서 더 깊이 잠들 생각만 한다.

그러면 민구는 할 수 없다는 듯 혼자 일어나 옷을 주

섬주섬 입는다. 그리고 곧이어 마당에서 들려오는 휘파람 소리. 그가 화란이를 부르는 소리가 어렴풋이 들리고, 다시 정적. 민구는 화란이를 데리고 언덕 밑의 동네까지 걸어갈 것이다. 거기서 그는 담배와 음료수, 주말에는 그곳을 지나가는 여행객들이 있어 더 쉽게 구할 수 있는 산채나 손두부 같은 것을 사 가지고 올라온다. 나는 그때나 되어야 일어난다.

우리는 맛있는 음식을 만들어 먹고 산책을 하고 민구의 직장 근처에 있는 비디오 가게에서 빌려온 영화를 보거나 하면서 지낸다. 시골집이니 실내 안테나가 있을 리 없고, 산이 사방으로 가로막혀 있는 곳이어서 지붕에 보조안테나를 세워놓았어도 한두 채널은 여전히 화면이 일렁인다. 그렇지만 상관없다. 어차피 텔레비전 앞에 앉아 있을 시간이 우리에게는 그리 많지 않았다. 아마 우리의 텃밭은 내년에야 만들어질 것이다. 우리가 이사 온 것은 파종 때가 지난 다음이었으니까. 그리고 우리는 땅을 가꾸는 것에 대해서는 아무것도 몰라 여러 가지 준비를 해야 하므로. 우리는 책도 여러 권 샀다. 상추, 고추, 토마토 같은 재배가 쉬운 작물에 대해 나도 민구도 열심히 공부할 의사가 얼마든지 있다. 목욕탕이 완성된 다음에는 정말 열심히.

　그러던 중 '그 일'이 우리에게 일어난 것이다. 우리가 이사 온 지 한 달 정도 지나서. 내가 건너편 산에서 그 남자의 모습을 본 것은 민구가 화란이를 데리고 마을로 시장을 보러 간 주말의 어느 아침이었다. 그날 나는 민구의 휘파람 소리가 사라지자마자 다시 그루잠을 청했지만 결국 깨어 일어났다. 몽롱한 정신으로 마당에 나와 앉아, 앞산을 바라보며 햇빛 속에 앉아 있었다. 유월이어서 아침부터 햇살은 달구어져 있었지만 산바람으로 적당히 기분 좋게 식혀져 있었다. 나는 잠이 덜 깬 손이 작동한 오디오에서 흘러나오는 음악을 들으면서 가만히 주변의 정경에 시선을 주고 있었다. 이리로 이사 온 것은 정말, 얼마나 잘한 일인가! 막 터져 나온 하품에 섞어 이렇게 속으로 감탄을 하고 있을 바로 그때, 건너편의 산 둔덕, 눈에 띄는 작은 빈터쯤에 한 사람의 모습이 나타났던 것 같다. 그리고 그와 함께 나는 약간 남은 잠의 흔적이 싹 사라지는 것을 느꼈다.

　처음에 내 눈을 의심했다. 참, 지난 주일이 특별히 피로했었지. 햇살 때문에, 피로 때문에 내가 또 이상한 광

경을 보는 그 환각의 노예가 된 것은 아닐까, 라고 먼저 생각하고 다시 한 번 눈을 비비고 앞쪽을 바라보았다. 나는 삼십이 넘을 때까지 안경 한 번 써볼 필요가 없었던 나의 양호한 시력을 그때만큼 원망해본 적이 없었다.

앞산의 중턱, 내 시계視界에 갑작스럽게 나타난 남자는 발가벗고 있었다. 무엇 하나쯤 걸쳤는지도 모르겠지만 적어도 전라에 가까웠다. 나는 잘못 보지나 않았나 해서 눈을 감았다가 다시 뜨고 바라보았다. 남자는 전라였다. 나의 시신경이 그 남자의 이미지를 채 제대로 구성해내기도 전에 나를 사로잡은 것은 원시적인 두려움이었다. 그래도 나는, 그럴 수 있다, 고 두려운 마음을 누르고 생각했다. 어떤 여름휴가 특집 잡지에서 읽은, 해외의 나체주의자 전용 휴양지나 해변에 관한 기사가 그 순간에 떠올랐기 때문이었다. 우리나라라고 산중에 땅을 사 집을 지어 사는 사람이 자기 집에 딸린 산에서 나체주의자 행세를 하지 못하란 법이 없지 않은가. 나는 그렇게 나를 안심시키고 시선을 다른 곳으로 돌렸다. 게다가 나 또한 남자의 나체를 보았다고 해서 벌벌 떠는 나이는 지나지 않았는가. 그런데도 나는 등을 타고 올라오는 소름을 어쩔 수 없었다. 무서움 때문이었다. 남자의 나체라고 아무 나체나 무서움을 만들지는 않는다. 나의 시선은 나도 모르게 자꾸 앞산 중턱 나무가 성긴 빈터로 되돌아왔다. 거기 서 있는 벌거벗은 남자에게로. 남자의 몸은 멀리서도 늙은 사람의 몸인 것을 알아차릴 수 있었다.

두려움의 정체는 나의 시선에 점점 더 분명하게 들어오는 남자의 행동이었다. 두 손을 앞으로 모으고 남자가 벌이는 반복적인 동작. 남자는 그러니까, 그렇게 벌거벗고 서서, 자위행위의 동작을 하고 있는 듯했다. 그것은 나의 단순한 왜곡된 연상일까. 아니었다. 남자의 동작은 바로 그것이었다. 분명히, 산 건너편의 한집 마루에 앉아 있는 나의 존재를 의식하고서. 의식하고 있을 뿐 아니라, 나를 향해 벗은 몸을 앞으로 내밀고…… 백일하에…… 분명히…… 그 행위를 하고 있었던 것이다. 남자의 몸짓은 과장되게 그런 의도를 표현하고 있었다. 그것은 말하자면 본능적인 행동이었다기보다는 하나의 전언이었다. 거기 앉아 있는 여자인 너, 너를 향해 나는 이렇게 자위행위를 한다, 이런 명확한 전언.

왜인가. 물론 그 이유는 알 수 없었고 그 순간에는 솔직히 말해 그런 질문이 내 머리에 떠오르지도 않았다. 나는 그 구부정한, 그러나 건장해 보이는, 어깨가 벌어질 만큼 벌어진 큰 키의 늙은 남자가 나를 바라보고 있었다는 것을 다시 한 번 확인했다. 그러자 갑작스런 두려움이 그만 구역질로 변해, 목으로 무언가가 울컥 넘어올 것만 같았다. 저런 광경 앞에서 무서움이라니. 요즘 세상에 포르노 한 편 정도 안 본 사람이 있다면 거짓말이다. 그 속에서는 흔해 빠지게 자위하는 남녀가 나온다. 포르노까지 갈 것도 없다. 그렇다고 보는 사람이 다 나처럼 무서움을 느낀다면 그런 걸 만드는 사람이 있겠는가. 나의 무서움은 그런 것과는 달랐다.

나는 그때야 시선을 돌리고 배가되는 두려움에 쫓겨 방으로 뛰어들어갔다. 여전히 구토증을 느끼면서도 방 구석에 몸을 웅크리고, 숨을 죽이고 기다렸다. 민구와 화란이가 어서 돌아오기를. 나도 모르는 사이에 나의 손은 반쯤 조립하다 놔둔 조립옷장의 쇳대를 쥐고 있었다. 남자가 당장 앞산에서 뛰어 내려와 순식간에 깊은 구렁을 넘어 내가 있는 곳까지 쳐들어오기라도 할 것처럼. 그러면 단번에 내리칠 작정으로.

마침내 민구가 장에서 돌아오는 소리가 들렸다. 그

의 목소리는 여느 주말에 그렇듯이 밝았다. 그 목소리는 하도 밝아, 그 순간, 그와 내가 너무도 다른 현실에 처해 있다는 사실이 서운할 정도였다.

"화란아, 세상에서 제일 늦잠꾸러기 고진희 씨 좀 가서 깨워라!"

곧이어 열어놓은 문으로 화란이가 흙 묻은 네 발로, 이불을 마구 밟으며 맹렬히 뛰어들어왔다. 한번 그러고 나면 이불 빨래를 다시 해야 했기에 평소 같으면 우리가 제일 질색하는 일. 그러나 그날 아침 나는 화란이인 줄 알고서도 놀란 가슴을 진정하지 못하고 가상적인 위협에 긴장을 풀지 않고 있었다. 그러나 한순간 서서히 온몸의 피가 어디론가 다 빠져나가는 것 같은 이완의 상태로 빠져 들어갔다. 나는 눈을 감고 가만히 앉아 있었다. 여전히 쇳대를 움켜잡고서. 무엇을 감지했는지 화란이도 내 옆에 얌전히 앉아 내 손을 한두 번 가볍게 핥았다. 방 안에서 계속되는 침묵이 이상한 듯 그때야 민구가 들어왔다.

"무슨 일이야? 왜 그러고 있니?"

"빨리 나가서 앞산 빈터에 아직도 누가 있는지 보고 와줘. 부탁이야."

나는 작은 목소리로 겨우 이렇게 말할 수 있었을 뿐
이었다.

"왜 그래 대체?"

그래도 민구는 나갔다가 돌아왔다.

"아무도 없는데? 무슨 일이야?"

나는 민구에게 내가 본 것을 더듬더듬 말했다.

"그럴 리가 있니? 네가 잘못 본 거겠지. 그냥 웃통 정
도 벗고 체조 나온 건너편 집 사람 아니겠어?"

단번에 대수롭지 않게 넘기면서도 민구는 빈터에 그
런 방식으로 모습을 나타낸 남자에 대해서보다는 나의
설명에 불쾌한 기분을 역력히 얼굴에 내보였다. 나는
민구 뒤를 따라 조심스럽게 밖으로 나갔다. 민구 말대
로 거기에는 이제 아무도 없었다. 투명하게 맑은 날씨,
희고 커다란 뭉게구름의 그림자가 언저리에 드리워져,
앞산의 전나무 숲에 더 깊고 검푸른 색조를 부여했을
뿐이었다.

"잘못 보지 않았어. 사람이 있었다구! 벌거벗은 늙
은 남자였어."

나의 목소리는 어느새 더한층 약해져 있었다. 혹시
몇 달 전 자동차 안에서 그랬던 것처럼 나는 나도 모르

는 장소에 옮겨져 잠시 의식의 왜곡 상태를 겪고 있었던 것은 아닐까, 하는 의문 때문에. 그러기나 했으면.

그날은 그럭저럭 지나갔다. 신선한 야채로 점심을 해먹고 목욕탕 공사에 매달리다 보니 아침의 일이 오히려 비현실적으로 느껴질 정도로 먼 옛날 일만 같았다. 민구 말대로 내게 착시 현상이 일어났거나, 아니면 누군가가 악의 없이 산속에서 나체로 체조를 했던 것이거나 둘 중의 하나로 생각하기로 했다.

타일이 도착했다. 배수관 공사는 시작도 안 했는데. 파란색 타일 250장, 그리고 드문드문, 자주꽃 모양이 그려진 타일 20장. 그리고 타일 부착용 시멘트. 타일은 예뻤다. 몇 개 정도 깨도 상관없을 정도로 충분한 개수를 신청했기에 나는 그중의 몇 개를 빼 뜨거운 냄비나 달구어진 다리미 같은 것을 올려놓는 데 썼다. 그 짙은 파란색 타일들을 내벽에 바르면 정말 광은 머지않아 소형 실내수영장처럼 변할 것이다. 우리는 타일을 목욕탕 속에 쌓아놓고 배수관 공사 하는 사람이 오기만을 기다렸다. 전화를 해도 자리에 있은 적이 없는 이 사람을 우리는 벌써 한 달이 다 되어가게 기다리고 있는 것이다. 집에 오기 전에 들를라치면 문 앞에 열쇠가 잠겨져 있기

일쑤고, 전화를 하면,

"요즈음 바쁩니다. 시간이 나면 가기 전에 전화드리죠. 전화번호 다시 주세요."

이런 식이었다. 그렇지만 배수관 공사를 하지 않고 어찌 욕조를 들여놓고, 어찌 타일을 붙이는가 말이다. 욕조가 들어앉고, 가장자리를 시멘트로 메꾸고 난 후, 끝으로 타일을 발라야 하는 것으로 민구는 배웠다. 물론 우리는 이 집에서 오래 살 작정으로 목욕탕을 우리 손으로 만들기로 마음은 먹었다. 그래도 예상 외로 공사비가 많이 들어서, 비싼 출장비를 내고 다른 도시에서 공사하는 사람까지 불러올 수는 없는 것이다. 집세가 더 싸지는 것도 아니고, 목욕탕을 떼 가지고 이사를 갈 수도 없지 않은가. 배수관 공사는 정말 우리들의 능력을 벗어나는 일이어서 처음부터 제일 먼저 공사자를 부르기로 정하고 연락을 취했던 것인데, 정작 제일 늦어지는 것은 바로 그 일이었다.

내가 두 번째로 그 남자의 모습을 다시 보게 된 것은 병원의 동료와 근무시간을 바꾸어 반나절이 단축된 주중의 어느 날이었다. 민구의 퇴근 시간 훨씬 전이기도 했지만 그날, 민구에게는 저녁나절에 빠질 수 없는 모임이 있었고 우리의 고물 소형차는 민구에게 맡겨졌다. 마침, 나처럼 일찍 일을 마친 직원 중의 하나가 우리 집이 있는 시골에서 멀지 않은 B시 근처에 가는 길이라며 인근 시내까지 나를 데려다주어 버스를 타고 일찌감치 집에 돌아올 수 있었다. 나는 지난 며칠간 바빠진 일정으로 잠시 놓아두었던 목욕탕 일을 혼자서라도 해볼 작정으로 서둘러 귀가했던 것이다.

막 언덕을 올라 집에 도착해 나를 향해 뛰어나온 화란이를 쓰다듬고 있을 때였다. 누군가가 나를 보고 있다는 막연한 느낌이 나를 사로잡았다. 나는 그쪽을 향해 고개를 돌렸고, 앞산 빈터, 그 자리에서, 다시 한 번, 그 남자를 보았다. 동일한 장소, 동일한 몸집, 동일한 동작!

사실 앞산과의 거리는 상당한 편이어서 얼굴까지 분간하기는 쉽지 않다. 물론 그 남자의 얼굴을 알고 싶은 생각은 추호도 없다. 그렇지만 내가 그의 얼굴을 알아보기 어렵듯이, 건너편 산에 서서 한 여자에게 뜻 모를 전언을 전달하고 있는 남자 또한 나의 얼굴을 알아보고 그런 행동을 하지는 않으리라는 것에 생각이 미치자 마음이 조금 안정되었다. 게다가 첫 번째와는 달리, 나는 방 안으로 뛰어들어가지도 않았고, 겁에 질려 고개를 돌리지도 않았다. 겁에 질린다 한들, 지금은 민구도 없다. 도움을 청할 마을 사람도 가까이 없다. 나는 마당에 있는 화란이 장난감을 언덕 아래로 던지고 외쳤다. 일부러 목소리를 한껏 높였다.

"화란아, 가서 다시 가져와, 자 빨리!"

화란이가 미친 듯한 속도로 마당 끝의 낮은 담을 훌쩍 넘어, 집 밑의 언덕을 구르듯 뛰어 내려갔다. 화란이가 내 명령에 따라 멋모르고 달리는 동안, 나는 남자에게서 시선을 떼지 않고 꼿꼿이 서서 남자를 바라보았다. 두려움과 역겨움이 섞여 속은 뒤집히고 있었지만 나는 죽기 살기로 남자의 행동을 직시했다. 화란이가 내가 보고 있는 것을 언제라도 증명해줄 수 있는 증인이라도 되는 것처럼, 그날, 화란이는 내게 커다란 위안이 되었다. 그때가 오후 네 시쯤 되었을까.

유월 오후 네 시경의 햇볕은 따갑다 못해 무거웠고, 숲의 색깔은 벗은 남자의 몸을 더 드러나 보이게 하는 그림자만큼이나 짙었다. 두세 번, 화란이는 점점 더 멀리 내가 던진 장난감을 주우러 언덕 밑을 달려 내려갔다가는 언덕을 돌아 길 쪽으로 되돌아왔다. 그 끝도 없을 것 같은 화란이의 질주의 시간, 남자는 내내 그 자리에서 서서 수음의 반복 동작을 계속했다. 나는 마치 무서운 침묵 속에서 적과 대치상태에 있는 것처럼 마주 보고 서 있었다……. 그 시간이 실제로 얼마나 되는지 알 길 없었지만 지옥에서의 하루만큼이나 길었다. 다시 돌아온 화란이의 목덜미를 쓰다듬어주는 짧은 방심의 순간, 남자는 나타난 것만큼 갑작스레, 미처 어느 방향이라고 말할 수 없을 정도로 빠르게 숲속으로 사라졌다.

그날의 오후와 저녁의 일과는 '그 일'로 엉망이 되었다. 배수관 공사를 수월하게 하기 위해 광 바닥에 널려져 있는 것을 치워놓으려던 나의 계획은 수포로 돌아갔다. 나는 배관공사를 맡은 사람에게 독촉전화를 할 힘도 남아 있지 않았다. 이미 여름을 향해 달려가는, 충분히 더운 그날의 날씨에도 불구하고 방문을 안에서 잠그고, 음악을 크게 틀어놓았다. 햇빛의 잔영마저 완전히 사라져, 이제는 더 이상 수려하게 느껴지지 않는 앞산이 검게 변했다. 그때까지 나는, 빈터에 혹시 그 남자가 다시 나타나지 않을까 창문으로 감시하느라 끝도 없이 일어섰다 앉기를 거듭했다.

아무 일도 할 수 없었다. 두려움과 구역질 대신에 분노와 미움이 자리를 잡았다. 당장에라도 곡괭이를 들고 건너편 산에 있는 불빛 흐린 집까지 쳐들어가는 상상을 몇 번씩 했다. 그렇지만 그 남자는 정말 저 넓은 지붕이 보이는 앞산의 이층집에 살기는 하는 것일까. 나는 음악의 볼륨을 최대한도로 올렸다. 화란이와 고음의 음악. 그것이 그 남자에 대항할 수 있는 내가 가진 구차한 무기였다. 그 엄청난 소리가 나의 두려움을 쫓아주기를, 누군가가 그 소리를 듣고 언덕을 올라와주기를 바라면서 앉아 있었다. 그 천둥과도 같은 굉음이 아랫마을까지 울려 퍼졌을까? 분명히 들렸을 것이다. 그렇지만 아무도 걷던 길을 멈추지 않았고, 아무도 우리 집 언덕을 올라오지 않았다.

저녁 늦게 들어온 민구에게 나는 그날 오후에 겪은 일, 내가 그 일에 대처한 방식에 대해 얘기했다. 피곤하기도 했겠지만 민구의 대답은 기괴했다.

"내가 없을 때 어떻게 행동했기에 꼭 너 혼자 있을 때만 그런 일이 일어나니? 네가 정말 그 짓을 하는 작자를 저 건너편에서 봤다면 말이야?"

"뭐라구? 지금 무슨 말 하는 거니?"

"그렇지 않으면 나한테 자꾸 그 얘기하지 말라구."

민구의 말은 도화선이 되었다. 이후, 조금씩 더 격렬

해진, 신경질적인 발언들이 한동안 우리 사이에 오갔다. 오후 내내 속에서 누적되었던 것이 폭발할 기회만 찾고 있었는데 얼마나 잘된 일인가. 우리는 마치 상대편이 빈터에 나타난 그 작자라도 되는 것처럼 서로 공격을 아끼지 않았다. 민구는 내 '처신'이 그런 기괴한 일을 불러일으켰다는 식의 억지 같은 공격을 했고, 나 또한 그따위 말을 하는 너도 똑같은 족속이다, 라고 대응했다. 게다가 어처구니없게도 그 일과는 아무런 상관이 없는 일인데도, 민구가 목욕탕 일에 점점 더 게을러지고 무관심해진다고 격렬하게 비난했다. 일의 성격상 나의 직장보다 더 엄격하며, 내 직장인 A시에서 나를 내려주고도 삼사십 분이나 더 가야 하는 곳에서 일하는 민구의 입장은 조금도 고려하지 않고 말이다. 오로지 서로를 공격하기 위해서 동원된 억지도 억지지만, 나는 이 집에 와서 우리가 '처음으로' 다투었다는 사실에 더 기분이 상했다. 시골에 와서도 싸우다니.

그러다가 나는 입을 꽉 다물었다. 한 친구에게 일어난 일이 갑자기 생각났기 때문이었다. 그 친구는 직장생활을 잠시 하다가 결혼과 함께 집 안에 들어앉은 친구였다. 어느 날 이상한 남자에게서 위협적인 전화를 받았다고 했다. 당신을 알고 있다. 만나자. 보면 누군지 알 거다…… 문제를 만들기 싫으면 몇 월 며칠 몇 시 어디 어디로 나오라……는 등의 말을 쏟아놓으며 아무렇게나 선택된 상대방을 위협하고 그 반응을 즐기는, 주간지에 심심치 않게 등장하는 그런 파렴치한의 전화.

처음에 친구는 그냥 넘겼다. 목소리부터 어투까지 뻔한 상황이었지만 뻔하다고 해서 당사자가 덜 곤란한 건 아니다. 익명의 남자의 위협전화는 점점 집요해졌다. 어디서 어떻게 친구의 이름을 알았는지, "○○ 씨, 나 ××요" 하고 능청스럽게 부르기도 했다고 한다. 시도 때도 없이. 시댁의 정황까지 들먹이면서. 남편에게 털어놓고 도움을 청하지 않을 수가 없었다. 그런데 친구의 남편은 도와주기는커녕 친구를 의심하기 시작했다. 뿐만 아니라, 아니 땐 굴뚝에 연기 나냐며 진실을 말하라는 식으로 아내를 괴롭히기 시작했다. 흔히 한쪽의 희생으로 끝나는 지루한 이야기의 주인공이었던 친구. 바로 민구의 말투 한구석에서 나는 친구 남편의 어조를 읽었던 것이다. 한 번도 그 친구의 남편이라는 사람을 만난 적은 없지만.

입을 꼭 다물고, 방금 머릿속에 떠오른 연상으로 험

악한 표정을 하고 앉아 있는 나를 바라보면서 민구도, 언젠가 내가 해준 바로 그 얘기를 떠올렸던 것일까. 그가 천천히 말했다.

"미안하다, 진희야. 다음에 다시 한 번 그런 일이 일어나면 카메라 줌렌즈로 그 작자의 사진을 찍어둬."

여전히 믿지 못하겠다는 투다. 사진을 찍어두라고? 내게 카메라는 아름다운 장면, 추억에 남기고 싶은 장면만을 찍기 위한 기계였다. 민구의 잠자는 모습을 찍고, 노느라 흙범벅이 되어 있는 화란이, 고향 집 지붕…… 이런 것을 찍을 때나 필요한 것. 그러니 생각이 미치지 않았을밖에.

민구는 문 가까운 곳에 카메라를 내놓고 기다렸다. 그런 민구의 계획을 알아챈 것인지 이후 한참 동안, 그 남자는 벌거벗고 나타나지 않았다. 그렇지만 설령 그 남자가 다시 나타났다 하더라도 그 작자의 흉악한 모습을 사진에 담고 싶은 생각은 조금도 없다.

민구에게는 '그 일'이 아무것도 아닌지 모르겠지만 내게는 그렇지 않았다. 그렇다고 당장 그 집으로 쳐들어가 항의하기에는 조금 미묘한 문제였다. 생각을 안

하고 있다가도 화란이가 짖으면 내 시선은 거의 기계적
으로 앞산의 빈터로 향했다.

"앞산 집으로 가서 물어보면 어떨까?"

"뭐라구 물어볼래? 네 말대로 남자가 산에 벌거벗고
나타나 그러그러한 짓을 한다고? 그런 사람 없다거나,
있어도 그런 적 없다고 잡아떼면 어쩔래?"

결국 동네 사람들에게 그 집에 관해 물어보기로 했
다. 작은 마을에, 만약 앞산에 사는 사람이 주기적으로
나타나 그런 행동을 한다면 소문이 안 났을 리가 없지 않
겠는가. 비록 그 빈터에서 일어나는 일을 볼 수 있는 것
은 여기, 이 집뿐이라고 해도 말이다. 처음에는 애초에
내 말을 믿지도 않다가, 이제는 '가벼운 정신이상자'나
'노망난 늙은 남자'라고 지칭하는 것을 보니 민구도 아
주 편안한 마음은 아닌 듯했다. 누군들 새로 이사 온 시
골 마을에서 이런 일을 만나리라고 예상이나 했겠는가.

주말에, 새로 산 운동화까지 꺼내 신고 서두르는 내
뒤를 민구도 따라나섰다. 내키지 않는 산책이라도 간다
는 듯 시큰둥한 표정을 하고, 공연히 긁어 부스럼 만들
지 말라는 충고를 덧붙였다. 이사 온 이후 전입신고를
하느라 이장을 만났고 오다가다 동네 사람들을 만나 간

단한 눈인사는 했지만 우리가 오로지 동네 사람들을 만나러 내려가기는 이것이 처음이었다. 집이 좀 정리되면 동네 사람들을 불러 작은 집들이 잔치를 벌일 계획까지 세워두고 있었는데, 이런 불쾌한 일을 수소문하러 그들을 만나야 하다니! 정말 속상하는 일이었다.

우리는 맨 먼저 복덕방 사람을 찾아갔다. 동네 어귀에서도 한참 떨어져 식당과 슈퍼와 술집이 한둘 모여 있는 거리의 끝에 '장수 복덕방'이 있었는데, 우리 집 계약을 맡았던 사람은 보이지 않았다.

"그 사람, 서울 사무실로 가서 한참 있다 올 텐데 말씀하시지요. 무슨 문제가 생겼습니까? 나한테 얘기하시죠."

민구는 내 얼굴을 힐끗 보더니 엉뚱하게 입을 열었다.

"이 동네에서 제일 오래 사신 분이 누구신지 알 수 있을까요. 동네의 내력이나 그런 것에 대해 좀 알고 싶어서요."

"글쎄요. 나도 여기 사무실 낸 지 겨우 삼 년 됐어요. 마을 집들은 대개 여기서 오래 살았죠, 아마. 외지에서 온 사람들은 살다가 대충 다른 데로 가요. 거기처럼 산을 좋아해 들어온 사람들이 가끔 있지, 요새 산골에 살겠다는 사람들 어디 있나요. 산 너머에 큰길이 난다기에 우리도 복덕방을 열었지, 그전엔 거래 하나 없었어요. 우리 거래도 다 땅이지 집거래는 없어요. 땅을 사세요, 아예. 그래서 나중에 지으면 되죠. 땅은 많아요. 거기 집 앞에 이층집 있지요, 이 골짜기 땅이 대부분 그 댁 거예요. 싸게 해드리지."

복덕방 남자에게 우리가 마을 내력 운운하면서 장기 계획으로 집이라도 사려는 사람으로 보였나 보다. 민구가 서두를 잘못 뗀 탓이다.

"그래요? 보이기는 가까워도 찾아가자면 한참이 걸려서 아직 인사도 못 한 걸요."

"시골이라도 다 바쁜데 인사하고 뭐 하고가 있습니까? 여기 주민들이 조금 무뚝뚝하지요."

"앞산에 있는 분은 가족이 많아요?"

"다 서울에 살고 주말에나 가끔 내려오는 정도죠. 할머니하고 며느리가 살고 있다지요. 며느리라야 육십을 훨씬 넘긴 분일걸요."

"남자 없이 두 분만 살아요?"

"아니, 이 골 땅이 다 자기네 땅인데 무슨 걱정이겠어요. 여기 여자 둘 아니라 여자 혼자 살아도 위험할 거

하나 없어요. 살아보시면 아시겠지만 아주 좋습니다. 서로 상관 안 하지, 안전하지, 옛날 여기 있던 군부대가 해놔 도로포장 다 돼 있지……. 나중에 여기 눌러앉겠다고 집 지을 땅이나 알아봐달라고나 하지 마십쇼."

"고맙습니다. 또 뵙겠어요."

나는 민구가 언제 그 얘기를 꺼내는가 초조하게 기다리고 있는데, 민구는 그에 대해서는 일언반구 없이 이렇게 끝내고 내게 나가자는 눈짓을 하고 먼저 나갔다.

"왜 그 얘기는 꺼내지도 않았어?"

"분위기를 봐야지, 어떻게 덥석 그런 얘기를 꺼내니, 이 시골에서. 우리를 이상하게 보지. 동네 사정 잘 알지도 못하는 것 같은데. 그래도 몇 가지 사실은 알아냈잖아. 그 집에 남자가 없다는 거. 진희야, 너 정말 허깨비 본 거 아니지?"

나는 너무 어이가 없어서 하늘을 쳐다보며 고개나 설레설레 흔들 수밖에 없었다. 갑자기 화란이가 걱정이 되었다.

"주말인데 화란이 데리고 나올걸 그랬다."

"걔들한테 주말이 어디 따로 있어. 일 년 열두 달이 다 주말이지, 별걱정을 다 하는군. 내려온 김에 이장댁까지 가볼까."

여전히 마실간다는 투다. 이장을 찾아가서는 내가 얘기를 꺼내기로 다짐을 받았다. 민구는 그래도 조심스러운 눈치였다. 그러다가 그는 마음을 바꿨다.

"우리가 아무것도 아닌 일로 과잉반응하는 거 아닐까."

그러더니 그는 내 쪽으로 돌아서서 두 손으로 내 얼굴을 잡고, 애원하는 표정을 지으면서 내 눈을 똑바로 들여다보았다.

"진희야, 우리 주말인데 재미있게 놀자. 저수지까지 걸어서 산책을 가든지. 아니면 읍내 꽃가게 가든지, 그것도 아니면…… 어쨌든 일주일에 하루 있는 주말인데 놀자. 그 일은 우리 이제 없던 거로 치자, 어때?"

"좋아, 그렇지만 저수지 가지 말고 목욕탕에 타일이나 바르자, 우리."

"그 이상한 나체주의자인지, 정신병잔지 수소문하는 거 아니라면 뭐든지 다 좋아."

우리는 팔짱을 끼고 집으로 돌아왔다. 그리고 하루 종일 땀을 흘리면서 욕조가 놓일 곳을 제외하고, 타일 부착용 시멘트범벅이 되어 한 벽 가득 타일을 붙였다.

아침 기분만 빼면 만점인 주말이었다. 약간 따갑고 무거운 여름 날씨지만 맑은 하늘, 적당한 바람, 그리고 푸른 숲.

그러나 그날 밤새 내내 나는 거의 잠을 자지 못했다. 팔다리가 조여드는 압박감에 시달리는 반수상태에서 어디서 튀어나왔는지 알 수 없는 기괴한 영상들이 줄을 지어 눈앞을 지나갔다.

이튿날 나는 새벽같이 일어났다. 출근준비는 제쳐두고, 화란이를 데리고 언덕을 내려 앞산 쪽으로 걸어갔다. 화란이와 앞서거니 뒤서거니. 그냥 보기에는 완만해 보이는 산이 걷기에 숨이 찰 정도로 가팔랐다. 빈터가 저 앞에 보였다. 이상하게 나무 한 그루 없이 움푹 팬 돌부스러기 섞인 굵은 흙의 빈터. 그것이 우리 집에서 보면 하얗게 보이는 그 빈터였다. '숲속의 빈터.' 언젠가 도심을 지나가다가 이런 이름의 다방 앞에 멈추어 섰던 일이 생각났다. 그때 내 걸음을 멈추게 한 것은 바로 그 다방의 예쁜 이름이었는데…….

빈터가 가까워져 오자 내 가슴은 무섭게 뛰었다. 그렇지만 벌써 훤히 밝은 새벽. 그곳에 서니, 건너편으로 아주 멀리 있는 것처럼 자그마하게 우리 집이 보였다.

마루의 유리문과 부엌 쪽의 창문, 그리고 얼마 안 있어 목욕탕이 될, 문이 열린 광의 입구. 그리고 고개를 돌리자, 길 끝쯤에 우리 집에서 바라보면 나무에 가려져 겨우 지붕이 보일락말락하는 그 집의 모습이 나타났다. 지붕이 넓은 이층집의 철문은 닫혀 있었고, 담 뒤로는 그대로 산으로 연결된 둔덕이 보였다. 시골집으로는 높은 담, 그 위에 박힌 방범용 병 조각. 나는 지대한 사명을 부여받은 사람처럼 심호흡을 하고 그 집 앞으로 다가갔다. 그리고 철문 사이에 눈을 대고 안을 들여다보았다. 집은 문에서부터 곡선으로 꺾어진 마당 저쪽으로 멀리 들어가 있었다.

그리고 나는 보았다. 내게 등을 보이고 서서 무슨 체조 비슷한 것을 하고 있는 건장한, 그러나 늙은 운동복 차림의 한 체구를. 그 남자인가? 조금 키가 작아 보이기도 하고, 아닌 것도 같고. 갑자기 모든 것이 불확실하게 느껴졌다. 내가 하고 있는 일이 비현실적으로 느껴지기도 했다. 여기까지 와서 대체 무엇을 어쩌자는 것인지……. 내가 막 눈을 떼려 할 때 화란이가 무엇을 보았는지 짖기 시작했다. 나는 뒤도 돌아보지 않고 온 길을 뛰어 내려가기 시작했다. 화란이는 여전히 짖어대며 내 뒤를 따라, 그리고 곧 이어 나를 앞서서 뛰어 내려갔다. 나는 단숨에 집까지 뛰었다. 남자가 문을 열고 나를 보았는지, 내 뒤를 쫓아왔는지 알 수 없었다. 아무 소리도 들리지 않을 정도로, 내가 생각해도 무서운 속도로 뛰었으니까.

집에 돌아오자마자 내가 바라본 것은 앞산의 하얀 빈터였다. 그곳은 비어 있었다. 다시 보아도 여전히 비어 있었다.

며칠 후 나는 과일주스를 한 통 사들고 이장댁에 갔다.

"그럴 리가 있나. 그 집 주인이 바뀐 후 남자는 살지 않아요. 십 년도 훨씬 넘었는데."

"우리 집 앞에서 보면 앞산 빈터 보이잖아요, 이장님. 거기 어떤 남자가 나와 섰는 걸 두 번이나 봤다구요."

"그게 어때서. 길 잘못 든 등산객들이겠지. 그 산 너머로 산길도 있어요. 아니면 그 집 아들이든가. 나이가 들어 보이거든. 전주인한테 땅을 인수받은 후 땅 관리를 그 사람이 해. 매기가 있으면 가끔 서울서 내려오지. 그런데 그게 왜?"

"좀 이상한 사람 같았거든요. 키도 크고 무섭게 생겼어요. 아들이건 산책객이건 멀쩡한 사람이면 왜 그렇게

한참이나 서서 우리 집을 쳐다봐요? 얼마나 무서웠다
구요."

"그러면 아들은 아니오. 그 사람은 키가 작고 뚱뚱한
걸. 게다가 그 사람 오면 여기 꼭 들르는데, 내려왔다는
말도 못 들었소."

나는 그때까지도 차마 내가 본 것을 적나라하게 얘
기하지 못했다. 착한 얼굴에 슬픈 미소를 띠고, 새로 이
사 온 '새댁'인 나를 대접하느라 과일을 깎고 있는 이장
부인 때문이었다.

"혹시 이 동네 이상한 사람 있어요?"

나는 이장에게서 말을 끌어내기 위해서 이렇게 물
었다.

"이상하다니. 우리 동네엔 그런 사람 없소. 거 앞산
에 나타났다고 이상한 사람 취급하면 산에 오를 사람
하나 없겠네. 새댁이 시골생활이 익숙지 않아서 그렇지
여기서 그런 일 다반사요. 그걸 가지고 뭘."

이장의 대답은 사무적이었고 단호했다. 얘기가 이쯤
에 이르러서 이장은 오히려 나를 염탐자 정도로 의심하
는 시선으로 바라보았다. 내가 결국 그 이야기를 세세
하게 털어놓지 못했으니, 그로서는 당연한 반응이었다.

이장의 집을 나오면서 나는, 발가벗고 나타나건 옷을 입고 나타나건 우리가 상관할 바 아니다, 잊어버리자, 고 다시 한 번 생각했다. 날씨는 이렇게 화창하고 멀리 보이는 겹겹의 산은 이토록 푸른데 그런 일로 단 하루라도 걱정거리를 만들 필요가 없다고 마음먹은 것이다.

그래서 민구에게 이장댁에 들렀다는 얘기도 하지 않았다. 까짓것 그 남자가 다시 나타나면 큰 소리를 질러 쫓아버리든지, 정말 민구 말대로 사진이라도 찍든지 해서, 그때 가서 항의를 해야지. 그러면서도 그 일로 다시 한 번 앞산의, 닫힌 철문이 있는 집까지 올라가기는 싫었다.

그런데 마침내 민구에게 '그 일'이 일어났다.

그날은, 정말, 기필코 배수관 공사를 하는 사람을 떼를 써서라도 집까지 불러올 생각으로 일찍 귀가해 저녁나절에 버스를 타고 읍내까지 갔었다. 공사하는 사람을 만날 수 있었다. 그런데도 안 된다는 거였다. 가만히 보니 그사이 전화한 것도 들른 것도 아무런 의미가 없었다는 것이 느껴질 정도로 그 사람은 우리 집 목욕탕 배수관 공사에 흥미가 없었다. 애초에 일을 맡을 생각이 없었던 것이 분명했다. 평소 같았으면 나도 이쯤 해서 포기하고, 서울이나 A시에 있는 다른 공사자를 찾아보는 방향으로 생각을 돌릴 수도 있었을 것이다. 그런데 무언가가 나를 붙잡았다. 그건 마치 일종의 내기 같은 것이었다. 마치 목욕탕 배수관 설치공사에 우리의 운명이 달린 것처럼. 그가 우리의 공사를 허락하는가 아닌가에 따라, 얼마 전부터 불안정하게 되어가는 민구와 나의 시골생활의 미래가 달려 있는 것처럼.

"아저씨, 그 목욕탕 공사가 우리한테 얼마나 중요한 일인지 아세요? 아저씨한테는 아주 쉬운 거지만, 우리한테는 신혼여행만큼 중요한 거라구요. 아저씨가 잠깐만 시간을 내주면 두 사람이 행복해지는데, 그래도 거절하실 거예요? 반나절이면 충분할 텐데. 우리가 벌써 많이 해놨거든요."

이렇게 간곡하게 부탁해도 아무런 반응이 없었다. 그는 오늘 안에 끝내야 한다며 바닥에 늘어놓은 공구를 닦고 있었다. 나는 그 가게에 한 시간이나 앉아서 졸랐다. 왜 못 오냐고 이유를 물어도 바쁘다, 할 일 많다라는 대답이고, 벌써 한 달 전에 부탁한 거 아니냐고 불평해봐도 대답은, 하고 싶은 일은 내가 정한다, 였다. 그러면 우리 집 일은 하기 싫다는 건데 왜 그러냐고 물으면, 아참 거 아직 새댁인가 본데 고집도 세네! 하고는 말이 없었다. 나는 다시 한 번 우리가 이곳에 이사 와 이렇게 고생을 할 거였으면 이사 오지 않았다, 시골 인심 좋다는데 다 거짓말이다, 하며 떼를 쓰다시피 졸랐더니 그때야 마지못해 말했다.

"다른 데 부탁하세요. 그 마을까지 들어가기 골치 아파요. 여기 일도 이렇게 밀렸는데……."

한 시간 이상 앉아 있었지만 솔직히 말해, '목욕탕 하수공사전문 천우공사'라는 간판 밑으로 들어오는 사람 한 명, 걸려오는 전화 한 통 없는 거로 보아 일이 많다는 것은 거짓말이었다. 비록 늦은 시간이었다고 해도 말이다. 그래도 나는 지치지 않고 졸랐다. 조르면 될 것 같이 마음이 좋게 생기기도 했다. 그러나 이쯤 이르러서는 이일을 포기해서는 안 되겠다는 절박한 심정이 되었다.

"내가 왜 여기서 이렇게 조르는 줄 알아요, 아저씨? 아저씨가 하두 마음 좋게 생겨서 우리 집 공사를 해주면 세상에서 제일 멋진 목욕탕이 될 것 같은 생각이 들어서 그래요."

이런 비위를 맞추려는 말에 그 사람도 지친 모양이다.

"아, 이거 참. 내가 졌어요. 다음 주말에 갈 테니 이제 그만 내 일 좀 합시다."

내가 하도 다짐을 요구하니까, 그 사람은 다음 주에
는 꼭 가겠다며 부속품까지 보여주고 다시 한 번 우리
집 전화번호를 묻고 그것을 벽에 붙은 칠판에 써넣었
다. 그러고 나서야 나는 그 가게를 나왔다. 그때만 해도
나는 그 사람의 반응에서 조금도 이상한 낌새를 채지
못했던 것이다.

읍내까지 나온 김에 나는 막 문을 닫으려는 모종집
에 들어가, 철이 지났지만 몇 개의 꽃씨 봉지와 모종 상
추와 모종 토마토 나무를 몇 그루 사 가지고 택시를 타
고 돌아왔다. 모든 일이 잘 풀리는 것 같은 예감에 택시
안에서 흥얼거리면서 노래까지 불렀다. 그런데 집이 가
까워지자 택시 운전사가 이렇게 말하는 게 아닌가.

"저 언덕 위 집에 사세요? 내가 상관할 바는 아니지
만 아가씨 같은 사람이 왜 그 골짜기 속까지 들어갔어
요?"

"네? 왜요? 남편……하고 사는데요, 뭐."

"그 동네 살 만해요?"

"네, 무슨 말씀이세요?"

"그냥 물어보는 거죠. 손님이 여기 사람이 아니니까.

미안하지만 언덕은 안 올라갑니다."

그러고는 언덕 밑에 나를 내려놓고 휑하니 가버렸다. 그때야 나는 '천우공사' 사람과 택시 운전사의 태도에 뭐라고 말할 수는 없지만 공통적인 점이 있다는 것을 막연히 알아차렸다. 그런저런 얘기를 민구에게 해주려고 언덕을 바삐 올라오는데 민구가 헐레벌떡 난감하다는 표정을 짓고, 비닐봉지 한가득 담긴 모종 짐을 받으러 내려왔다. 한참 전부터 내가 돌아오기만을 기다리고 있었음에 틀림없었다.

"진희야. 네 말이 맞아. 나도…… 봤어."

"저런. 또! 그래서 어떻게 했어?"

"어떻게 하긴. 거 뭐 하는 거냐고 나도 미친 것처럼 성질나는 대로 소리 질렀지."

"그랬더니?"

"꼼짝도 안 하더군. 그래서 너처럼 음악을 크게 틀어놓고 다시 나와 보니 순식간에 사라졌어."

"그래, 속수무책이야. 네 말대로 다 잊어버리고 아무일도 없는 것처럼 하려구 했는데. 직접 보니까 끔찍하지? 어떡한다지?"

민구 또한 나만큼 무겁고 당혹한 표정을 하고 앞산

을 향해 고개를 절레절레 흔들었다.

"미쳐도 단단히 미친 작자야. 너 왜 그런데 자세히 얘기하지 않았어? 상체만 벗고 있다고 했잖아."

"내가 언제? 완전히 발가벗고 했다고 했지."

우리는 언제부터인가 그 일에 관한 한 목적어와 동사를 슬그머니 흐리는 식으로 말을 하고 있었다. 마치 그것을 일일이 밝히면 우리가 목격한 그 장면이 다시금 눈앞에 재현될 위험이라도 있는 것처럼 말이다.

"그랬나. 네가 그렇게 얘기했어도 아마 나는 상체만 벗고 하는 방뇨 정도만 상상했었나 봐. 그것만도 무슨 죄에 걸리겠지만. 경범죄 이상이 될걸."

"그런데, 사진을 찍어두라더니, 찍어뒀어?"

"사진? 너무 놀랍고 비위가 상해 그 생각은 하지도 못했다."

"그것 봐."

우리는 그 경황 중에도 과장스럽다 싶게 큰 소리로 웃었다. 그러고 나니 조금 불안감이 가셨다.

"참, 웃을 때가 아냐. 화란이 발 좀 돌봐줘야겠어."

그렇지 않아도 화란이가 민구에 앞서 뛰어 내려오지 않은 것이 이상하던 참이었다. 화란이는 빨간 지붕의 자기 집 앞에 누워서 민구가 가져다준 저녁에는 입도 대지 않은 채 신음하고 있었다. 풀이 죽은 것은 물론이고, 민구의 서툰 솜씨로 감긴 왼쪽 앞발의 붕대에 벌건 물이 들여져 있는 거로 보아, 일이 일어나도 심상치 않게 일어난 것임에 틀림없었다.

"세상에!"

나는 화란이 앞으로 달려갔다. 화란이는 꼬리 흔드는 것조차 힘겹다는 듯 눈을 감았다. 눈곱이 끼여 있고 물기가 눈가에 흘러 있는 거로 보아 울고 있는 것이 분명했다. 그것도 서럽게. 고열로 인해 화란이 눈에 눈곱이 끼거나 눈물이 보이면 우리는 화란이가 우나 보다고 말하곤 했다. 그런데 이번에는 고열 때문이라기보다 화란이가 정말로 울고 있었던 것이다. 나는 마루 끝에 놓인 비상약통을 집어 항생제 반 알을 물에 타서 억지로 입에 넣어주고 붕대도 갈아주었다. 거기에는 누군가가 날카로운 물건을 가지고 상처를 낸 자국이 있었다. 평소 같으면 난리를 쳤을 정도의 아픔을 유발하는 해독제를 상처 위에 붓다시피 했음에도 화란이는 거부할 힘도 없는 것 같았다.

"언제 그랬어?"

"몰라, 돌아와 보니 화란이가 저렇게 낑낑거리고 있더군. 저 앞산 일하고 무관하지 않을 거야. 한 번 그 집까지 가본 적이 있거든. 아주 불쾌한 분위기지."

"너도, ……거기까지 갔었어?"

"그러면 너도?"

"그래, 그랬어. 너는 왜?"

"모르겠어. 내가 왜 그 불쾌한 집까지 저벅저벅 걸어갔는지 그 이유라도 알았으면 좋겠다."

"나도 그래. 나도 어떻게 하겠다는 작정도 없이 그냥 무작정 가본 거야. 그런데 뭘 봤어?"

"아무것도. 너무 이른 아침이었거든. 너는?"

"집 안에서 등을 돌리고 있는 어떤 남자를 본 것 같아. 그 남자 같았어. 그렇지만 옷을 입고 있어서 그랬는지 확실하지는 않아. 그게 다야. 그냥 돌아서서 뛰어왔거든."

민구와 나는 거의 동시에 침묵했다. 서로에게 놀란 듯이. 새벽길 앞산의 집으로 가는 어둑한 길목에서 못할 일이나 하다가 꼼짝없이 서로 마주친 것처럼.

우리가 이 동네에 대해 이상한 일들을 발견하기 시

64

작한 것은 민구와 내가 본 남자의 정체를 알아내기 위해 마을 사람들을 하나둘 만나기 시작하면서였다. 나는 야근을 하고 난 다음 날, 졸음도 무릅쓰고 일어나 오후 시간에 동네 사람들을 찾아가보았다. 채 열다섯 집도 안 되는 동네. 그러나 허사였다. 그들은 하나같이 우리의 방문에 달갑지 않은 표정이 되었다. 그들은 앞산의 기분 나쁜 집에 대해서는 물론, 마을에 대한 어떤 얘기도 하고 싶지 않은 눈치였다. 알고 싶은 것이 있으면 당사자 집에 가서 직접 물어보라고 말하는 것이 고작이었다. 이장의 대답이나 태도와 다를 것이 없었다.

그런데 우리는 그렇게 하지 않았다. 행여 그 집에서 튀어나올 남자와 맞부딪치는 것은 상상조차 하기 싫었다. 그것만은 왠지 할 수가 없었다. 게다가 그 이상한 남자는 민구가 본 이후 다시 나타나지 않았다. 하긴 며칠이 지났을 뿐이니까. 그렇지만 다시 나타났다 해도 다시는 앞산으로 가고 싶지 않았다. 그 집에 다시 한 번 올라가면 공연히 더 큰 일이 우리에게, 또는 화란이에게 일어날 것만 같은 불안. 화란이에게도 조심을 시켰다.

마을 사람들이 불친절하다고 말하기는 어려웠다. 대부분 이 마을 토박이라면서, 그들 사이에는 별다른 교류가 없는 듯했다. 나는 마을 사람 찾아다니는 것을 포기했다. 앞산의 전나무는 더 이상 나에게 안식을 주지 않았고 숲은 깊고 푸른 것이 아니라 음험하고 위태로웠다. 장마가 준비되느라 이따금 하늘에서 비라도 뿌릴라치면 앞산의 숲에서 이상한 소리가 나는 것만 같아, 민구와 나는 밖으로 뛰어나가볼 수도, 그렇다고 문을 잠가 걸고 갇혀 있을 수도 없는 불안한 기분에 사로잡혔다.

우리가 할 수 있는 일이라고는 골짜기가 떠나갈 정도로 크게 음악을 틀어놓는 일뿐이었다. 아무거나 닥치는 대로, 재즈판이나 헤비메탈 음반까지. 우리가 가지고 있는 판은 모두 한 번씩 올려졌나 보다. 그래도 동네 사람 하나 올라와 항의하지 않았다. 가끔 저 밑의 아스팔트 길을 지나가는 차가 한두 대 머뭇거리며 속도를 늦추고 쳐다볼 정도였다. 그들은…… 재미있다는 듯이 우리 집 쪽을 올려다보았다.

우리는 화란이를 깨끗하게 목욕시키고, 전에 나의 독신자 아파트에서 그랬던 것처럼 집 안에서 키우기로 했다. 흙과 모래가 섞여 채워진 화란이용 널찍한 상자가 다시 마루 구석에 놓였다. 결국 화란이는 우리가 출근한 후 그 긴 시간을 다시 실내에 갇혀서 지내게 된 것이다. 장마가 시작되기 전에 빨리 목욕탕 공사가 끝나야 할 텐데, 하면서도 우리는 꼼짝하지 않았다. 집에 있는 낮시간이면 어김없이 음악을 최대한의 볼륨으로 틀어놓았고, 밤이 되면, 서울에 살 때와 마찬가지로 유령과 악마가 나와 한 가족 전부를 불안의 도가니에 몰아넣는 공포영화나, 한 시간여에 수십 명이 토마토즙 같은 피를 흘리면서 죽어 나자빠지는 액션영화를 비디오로 보면서, 피로로 녹초가 되어 곯아떨어질 때를 기다리곤 했다.

밤에 목욕탕 공사를 하기 위해 밖으로 내걸었던 전등불도 마루로 들여놓았다. 붙이다 만 타일 벽은 그대로 내버려두어 더욱 볼품이 없었고, 그중의 한두 개는 아예 바닥에 떨어져 조각조각 깨졌다. 가끔 자기 전에 앞산의 빈터가 흘낏 의식을 스치고 지나갔지만 나는 정말 갈피를 잡을 수가 없었다. 벌거벗은 남자가 나타나 백주에 그런 짓거리를 벌이는 산 맞은편에 집을 얻었다는 것이 끔찍하기도 했고, 그런가 하면 '그 일'이, 맛있게 끓여놓은 커피잔에 설탕을 넣는 대신 어쩌다 소금통을 기울인 것 정도로 대수롭지 않게 여겨지기도 했다.

그런 상태로 집 안이, 모종 나무가, 방과 광이 방치

되어 있을 때, 배수관 공사 하는 아저씨가 온 것이다. 그 날도 멀리서 짙은 회색의 무거운 구름이 몰려들고 있었다. 사실 그것은 보기에 따라서는 장관일 수 있었다. 장마철의 그런 거대한 구름의 이동을 본 것이 너무 오래전이었기 때문에, 민구나 나나, 그 일이 일어나기 전만 해도, "꼭 대서양의 파도가 하늘에서 몰려오는 것 같다, 그렇지?" 하며 서로의 팔짱을 꼭 꼈을지도 모른다. 그런데 우리는, 만약 저 무거운 구름이 전부 비가 되어 쏟아지면, 바로 마당 끝의 허술한 땅조각이 무너앉지는 않을까, 갑자기 앞산이 집 앞으로 성큼 다가오지는 않을까, 불안한 마음을 감추고 멍하니 바라보는 것이다.

그런 우리의 눈앞에 천우공사 아저씨의 봉고가 언덕을 올라왔다. 그 아저씨는 마루 끝에 나와 앉아 덜 깬 시선으로 멍하니 먼 산 구름바라기를 하고 있는 우리에게 눈인사를 했다. 그러고는 이 집을 아주 잘 아는 것처럼, 성큼 목욕탕으로 들어갔다. 하긴 광문이 활짝 열려져 있었으니까.

"어이쿠, 완전히 엉망으로 일을 했군요. 거 미장이라도 부르지 이게…… 원!"

그 사람이 말하는 소리가 들렸을 때야 나는 겨우 일

어나 그쪽으로 무거운 걸음을 옮겼다. 전날에도, 주말의 시작이라 비디오테이프를 두 개나 연이어 보아 잠이 부족했던 터였다. 겨우 몇 시간 전의 일인데 줄거리도 생각나지 않는, 반 정도는 대충대충 고속진전으로 돌려 보아도 별 상관이 없는 그런 영화. 주말에 오겠다던 이 아저씨의 말을 까맣게 잊은 것은 물론이다.

목욕탕 쪽으로 걸어가면서 나는 가슴을 찌르는 듯한 아픔을 느꼈다. 왜 아픈지도 알 수 없으면서 괜히 울고 싶기도 했다. 옛날 애인을 너무 보고 싶어 만나러 갔더니 상상 속의 애인이 아닐 때 느끼는 아픔 같은 것. 나는 그 비슷한 상상을 했던 것 같다. 딱히 떠올릴 옛날 애인도 없으면서 말이다. 그런 호칭이 붙을 만한 남자라고는 내게는 민구뿐인데. 민구가 마치 과거의 남자처럼 느껴졌다. 민구를 뒤돌아보았다. 그는 막 마루에서 일어서, 이쪽으로 나오는가 했는데 안으로 들어가버리고 말았다. 망쳐진 과거 속으로 들어가버리듯이. 건너편 산의 빈터는 낮고 어두운 구름 때문에 흐릿하게 드러났다.

천우공사 남자는 말없이 일을 시작했다. 어질러진 광 바닥의 자재들을 밖으로 들어내놓고, 벌써 몇 주일 전에 사들인 욕조도 한옆으로 치워놓고, 배수관 설치할

자리의 흙을 파내기 시작했다. 그는 광에 이미 설치돼 있었던 수도꼭지를 틀어보았다.

"이 집 수압은 여전히 좋군요. 몇 년 전에 여기 수도관 공사 내가 했습니다."

"아, 네에."

나는 배수관 연결을 위해 욕조가 놓일 바닥의 흙을 파내기 위해 규칙적으로 오르락내리락하는 결연한 동작의 남자의 팔뚝을 보면서 나도 모르게 마음을 졸였다. 그 어둡게 패는 구덩이에서, 행여나 이미 까맣게 썩은 시체의, 발가락 네 개 달린 발이나 두개골로 보이는 뼛조각 같은 것이 나오면 어떻게 하나. 나는 그 생각을 떨쳐버리려고 고개를 힘차게 흔들었다. 아마도 너무 많이 본 괴기영화의 영향.

아저씨는 민첩하고 신속하게 일을 진행했다. 우리는 그토록 기다리던 사람이 왔는데도 손님처럼 그 주위를 정성 없이 어슬렁거릴 뿐.

"이거 반나절이면 끝날 텐데 어차피 하루 와서 일하는 것, 인건비 좀 더 투자하시면 이 벽도 후딱 하고 가지요. 시멘트도 이만하면 충분할 거고. 해보고 시간이 남으면 말입니다."

남자가 삐뚤삐뚤 붙이다 만 타일 벽을 가리키며 말했다.

"그렇게 해주세요, 아저씨."

민구가 내 뒤에 와서 기운 빠진 목소리로 대답했다. 목욕탕 공사에 관한 한 완전히 손들었다는 어조다. 나는 차를 한 잔 준비하러 안으로 들어갔고 민구는 아저씨를 도우러 광 안으로 들어갔다.

내가 커피잔을 가지고 밖으로 나왔을 때는 비가 몇 방울 떨어지고 있었다. 하늘은 벌써 까맣게 내려앉아 실내에도 광에도 전등을 켜야 할 정도였다. 장마가 시작되기 전에 목욕탕 공사가 끝났다면 좋았을 텐데…… 그러나 그냥 습관적으로 읊조려볼 뿐, 더 이상 그다지 절실한 기분도 아니었다. 모든 것이 다 거꾸로 되어버린 것이다.

역시 그 방면의 전문가는 달랐다. 우리의 조각난 시간과 허술한 솜씨로 열흘이 넘게 걸렸을 일이 빠르게 진척되고 있었다. 앞산은 가는 빗속에서 더 검게 내려앉았다. 나는 무언가를 초조하게 기다렸다. 민구나 나 이외의 사람이 와 있을 때, 그 남자가 나타나기를. 비가 굵어져 시야가 완전히 가려지기 전에 우리 이외의 증인

앞에서 '그 일'이 다시 일어나기를.

귀청이 찢어질 정도로 또 음악을 틀어놓고 싶었지만 공사에 방해가 될 것 같아 그럴 수도 없었다. 민구가 하품을 하면서 바닥에서 나온 흙을 밖으로 운반하는 것이 보였다. 거기에는 썩은 발가락도, 두개골의 뼛조각도 없었다.

점심때가 가까워 욕조와 연결될 배수관이 놓였다. 거의 두 달을 먼지를 뒤집어쓰고 있던 욕조가 마침내 제자리에 놓였다. 욕조 옆으로 틀이 만들어지는 것을 보고 나는 점심을 차리러 다시 안으로 들어갔다. 찌개 하나, 밑반찬 몇 개……. 얼마 전까지만 해도 배수관 공사 하는 사람이 와주기만 한다면 맛있는 점심상을 차려주어야지 마음먹었었다.

우리는 말없이 마루에 차려진 정성 없는 식탁 앞에 앉았다. 민구도 나도 천우공사 사람도 거의 별말 없이 빠르게 식사를 계속했다. 나는 점심을 먹는 내내, 우리에게 일어난 '그 일'에 대해 누군가에게 다시 한 번 말하고 싶은 충동에 시달렸다.

'아저씨, 저 앞 빈터 보이지요. 거기서 가끔 벌거벗은 남자가 나타나 백주에 어떤 짓을 하는지 아세요? 아주 추하고 늙었지만 건장해 보이는 남자 아시죠. 그 남자는 얼굴이 없어요. 다행 아녜요. 글쎄 저 전나무 숲에 나타난 것이 글쎄…… 하필이면…… 그런…….'

　마루 끝에 앉아 있던 화란이의 귀가 쫑긋 올라가더니 낮게 그르릉거리는 소리가 났다. 그와 거의 동시에 누군가가 소리도 없이 언덕을 올라와 있었다. 아무도 알아채지 못했다. 하긴 이렇게 날씨가 흐릴 때는 청각도 둔해지지 않을 수 없을 것이다. 나는 너무도 놀라 벌떡 일어섰다. 그리고 거의 기계적으로 앞산을 바라보았다. 그런데 그게 아니었다. 우리 마당에 모습을 나타낸 것은 체머리를 흔들며 지팡이를 짚고 나타난 작은 체구의 노파였다.

　"누구세요?"

라고 외치면서 자세히 얼굴을 보기도 전에, 천우공사 아저씨가 천천히 일어나 혀를 차며 혼잣말로 말했다.

　"아니, 저 할머니가 또 빗속에 여기까지 왔네."

　노파는 사람이 있는 것도 아랑곳하지 않고 이제는 제법 눈에 띌 정도로 굵어진 빗속을 걸어 마당을 가로지르더니, 낮은 담 위에 앉아 옴폭한 뺨을 오물거리며, 그러나 또렷한 목소리로 중얼거렸다.

"하늘에 또 조씨가 날라다니잖여. 오늘도 또 날아다 녀 우리 동네까지 오잖여."

노파는 바짝 마른 손을 올려 허공에 돌렸다. 무슨 그림이라도 그리듯이.

"누구세요, 저 할머니?"

"저 반대편 골에 있는 우리 동네 할머니요. 보시다시피, 노망이오."

아저씨는 일어서 할머니를 마루로 데려오려고 소매를 끌었지만 노파는 고집스럽게 다시 마당 끝쪽으로 걸어가 낮은 시멘트 담에 앉아 하늘에 무수한 동그라미를 그렸다.

"아, 그 망할 놈의 조씨가 하늘을 날아 예까지 오잖여."

"노망이에요. 그 일 이후."

"무슨 일이요?"

"아니, 그 일 말고 여기 또 뭐가 있겠소."

"그 일……이라뇨?"

민구와 나도 우리 앞에 나타난 그 남자의 일을 '그 일'이라고 불러온 터라 우리는 순간 긴장해서 서로를 바라보았다.

"그 일에 대해 아직도 못 들었어요?"

"……?"

"조씨가 말여, 또 하늘을 날아 이리로 오잖여."

"날씨가 이러면 이 할머니 노망이 여간 심해져야죠. 여기 살다 그 일 이후 우리 동네로 이사 왔는데, 종종 이래요."

나는 그때야 노파를 자세히 쳐다보았다. 소매에 날이 선 모시 한복에 이미 칠십인지 팔십인지 혹은 구십인지 구분이 가지 않는, 더 이상 그 정도의 구분이 무의미하게 충분히 늙어버린 노인이었다. 늙었달 뿐, 외양만 본다면 노망기를 눈치챌 수 없을 만큼 작고 반짝거리는 옴푹하게 팬 두 눈. 그래서 어쩌란 말인가. 나도 민구도 시큰둥하게 천우공사집 아저씨와 노파만 번갈아 보았다.

천우공사 정씨는 빗속을 걸어가 노파를 들어 올리다시피 마루로 데려와 앉혔다. 마루까지 끌려와서도 노파는 허공에 대고 무수한 동그라미를 계속 그렸다. 노파의 주름진 손이 가리킨 머리 위의 하늘은 무엇이 날아다니기에는 너무도 어둡고 무거웠다. 변칙적으로 비가 쏟아지다 멈추다 했다. 하늘은 아침부터 약간씩 밀도를 달리하며 조금씩 점점 더 어두워질 뿐이다. 민구와 나는 가만히 숟갈을 놓고 담배를 피우는 천우공사 정씨 아저씨를 주시했다.

"에이, 날씨가 이러니, 일해논 것 제대로 굳지도 않을 텐데, 미안하지만 여기서 마칩시다. 점심까지 먹었으니, 그 일 얘기나 해드릴까, 어차피 알게 될 것……."

조대완이라는 남자가 있었다. '그 일'이 일어났을 때 40대 후반, 아니면 50대 초반쯤. 신문 사회면에서 크게 떠들었는데, 지금 웬만한 나이의 사람은 그 사건을 다 기억할 것이다. 거의 십여 년 전이었다. 농촌 일이 바쁘던 맑은 오월 낮, 지금은 이곳에 논농사 짓는 사람이 드물지만 그때만 해도 모두 논농사였는데, 조대완의 '그 일'이 일어났다. 조대완은 아내가 콩나물을 다듬고 있는 마루를 지나 뜰로 내려섰다. 군부대가 있던 마을이라 대부분 아스팔트 길을 따라 상점과 식당 겸 집들이 늘어서 있던 때였다. 지금은 다들 골짜기로 집을 지어 들어갔지만.

조대완은 평소에는 뜰을 내려서면서 목을 긁어 가래를 힘 있게 멀리 내뱉는 습관이 있었다는데, 그날은 그러지 않았다. 그래서 그의 아내는, 그날 조대완의 외출에 대해 아무것도 알아차리지 못했다는 점을 수사관에게 길게 주장한 바 있다. 그러나 누구도 모르는 일이다.

따뜻한 봄날이었고 부엌에서는 조대완의 모친이 일을 하고 있었겠지. 엉진이나 걸랑, 고사리며 대파를 벌여놓고 씻고 다듬고 있었거나. 매일 밥상에 육개장이 오르지 않으면 투정을 부렸다니. 조대완의 아내도 모친도 조대완이 그녀들의 등 뒤를 지나가는 것을 알아차리지 못할 정도로, 양말 신은 그의 발걸음은 가볍고 민첩했다.

양말, 이건 시시한 것 같지만 중요하다. 육군 ○○○○부대의 주임상사로 제대한 조대완은 양말 벗는 것을 싫어한다. 그는 여름에도 양말을 벗지 않는다. 그리고 나갈 때는 수 켤레 되는 군화 중에 잘 닦인 것을 골라 신고 나간다. 그리고 그는 언제라도 군화를 신고 뛰어갈 자세가 되어 있다. 그런데 그날 그는 군화를 신지 않았다.

조대완의 아내는, 아침 일찍 그녀의 남편이 약을 묻혀 다섯 켤레의 구두를 닦아 양지바른 벽에 일렬로 세워두고 두껍게 바른 약을 말리고 있었기 때문에 그날, 양말 신은 발로 나가 일을 저지른 것이라고 수사관에게 말했다. 조대완의 두 아들과 딸은 학교에 가 있었다. 그때 큰아들은 벌써 서울에서 하숙하고 있었을 때였기 때문에 수사에 아무 도움도 주지 못했다. 조대완의 모친은 시종일관 '그 일'에 대해서는 기적적이라고 할 만큼 완벽한 침묵을 지켰다. 그때뿐 아니라 나중에도.

어떻건 마루를 내려온 조대완의 손에는 소총이 한 자루 쥐어져 있었다. M16 에이 원 소총이라는 거. 봄날 대낮의 아지랑이가 어지러운 집 앞의 길 위에는 인적이 없었다. 조대완은 그렇게 앞을 바로 보고 걸어 마당을 걸어나왔다. 그때나 지금이나 아스팔트 깔린 길 위에는 차도 인적도 뜸했던 시간이었고, 마을 사람들은 모두 점심을 마치고 다시 밭이나 논에서 등을 구부리고 일하고 있을 때였다. 조대완은 사람을 만날 때까지 걸었다.

그때 길 저쪽 멀리서 그 당시 이십이 세이던 정식이네 누이가 걸어오고 있었다. 조대완은 그녀 쪽으로 총을 겨누었다. 그리고 그녀가 사정거리 안으로 충분히 들어왔을 때, 그날의 첫 방아쇠를 당겼다. 총알이 보이지도 않게 날아가 그녀의 정수리를 맞혔고 그녀를 도랑에 꼬나박았다. 논밭에서 일하던 사람들은 야산 너머까지 울리는 총성을 들었고, 가까운 논에서 일하던 사람들은 매캐한 냄새도 맡은 것 같다고 증언했다. 그래도 사람들은 총을 장전하고 똑바로 앞으로 걸어가는 조대완의 모습을 그때까지 보지 못했고 무슨 일이 일어났는지 몰랐다.

총소리를 듣고 뛰어나온 사람은 모두 세 명이었다. 당시 이장네 맏아들과, 길가 상점을 하는 정선 씨, 그리고 당시 육 세였던 서하리집 손자. 조대완은 먼저, 항상 조금은 취해 있는 정선 씨를 향해 쐈다. 다시 천천히 장전한 후, 차례로, 이장네 맏아들, 그리고 육 세 남자아이에게로 총부리를 돌려 방아쇠를 당겼다. 두 사람 모두 단발에 쓰러뜨렸다. 비명은 없었고, 한참 후에 어디선가 어린아이의 울음소리가 진동했다.

조대완은 쓰러져 요동하는 세 개의 육신을 뒤로하고, 그 특유의 팔자걸음으로 약간 조이는 바지 속의 근육을 규칙적으로 움직여 여전히 앞으로 나아갔다. 하나 둘 셋 넷, 하나 둘 셋 넷. 그의 발걸음은 정확했다. 정황을 참작하지 못하고 여러 사람이 뛰어나왔는데, 그때 그의 태도가 약간 흐트러졌다. 그는 갑자기 집 안에서 뛰쳐나와 멈칫거리는 사람이 있는 여러 방향으로 또 여러 발을 난사했다. 그러나 조준하지는 않았다. 그럴 시간이 없이 여러 사람이 연이어 뛰어나왔기 때문이었다.

이렇게 그날 오후 두 시경, 단 십 분도 안 되는 사이, 이 마을 사람 일곱 명이 조대완의 총을 맞고 쓰러졌다. 거의 순식간이라고 마을 사람 모두는 강조했다. 그 순식간이라는 말 속에 모든 일의 책임이 있는 것처럼. 일곱 명 중 세 명은 사망했고, 네 명은 중상을 입었다. 만약 십오 명이 차례로 나왔다면 십오 명이, 만약 이십오 명이 차례로 나왔다면 이십오 명이 그날 총을 맞고 쓰러졌을 것이다. 상상이 되는가. 그날 이 마을에서 순식간에 일어난 일이? 그날 조대완이 지니고 나온 총탄은 그러니까, 사용한 것까지 합해 모두 이십오 발이었다.

들판은 적막했다. 아무도 입을 벌리지 못했다. 아지랑이는 갑자기 더 노랬으며 산은 그때 마을에서 일어난 이 불상사의 총성을 삼켜버릴 정도로 깊었다. 그 침묵 속에 어디선가 다시금 아이들의 울음소리가 들려왔고, 동네의 개들이 짖기 시작했다. 사람들은 더 이상 밖으로 뛰어나오지 않았다. 논밭에서 일하던 사람들은 바닥에 엎드리고 서로 가만히 있었다.

조대완은 여전히 앞만 보고 걸었다. 그의 발걸음은 약간 흐트러져 있었지만, 그래도 엄격한 호흡을 유지하며 걷고 있는 운동선수처럼 여유 있어 보였다. 그가 빈 아스팔트 위를 걸어 마을 어귀를 충분히 넘었을 때, 쓰러진 가족에게로 사람들이 뛰어갔다. 한편으로는 그들을 옮기고 다른 한편으로는 거의 순간적으로 모두가 말없이 동의해 몽둥이와 농기구를 들고나와, 여전히 비어 있는 길을 걸어가는 조대완을 한꺼번에 뒤에서 공격했다. 그를 쓰러뜨린 후, 총을 빼앗았고, 즉시 읍내의 지서로 데려갔다. 조대완은 감옥에 들어갔다. 그는 조용했다. 그렇지만 다른 사람들에게 있어 그 후는 어려웠다.

남은 많은 사람들을 대상으로 두 달 이상 계속된 길고 지루한 수사가 있었고, 이 수사과정에서 마을은 조각조각이 났다. 마을 사람들의 증언은 자주 원래의 의도를 벗어나 해석되었고, 그러다 보니 내용은 거의 매일 조금씩 변모했으며, 시간이 지나가면서 기억이 불분명해지게 되고, '그 일'에 대해 결정적인 세부에서 엇갈리는 증언을 하는 사람들이 있었다.

그 작은 증언의 차이점들 때문에 갈등이 일어나고 그들 사이는 점점 더 벌어졌다. 무엇보다도 이 지역의 땅은 많은 부분 조대완의 것. 보상의 문제가 대두되면서 서로 미묘한 증언들이 더더욱 속출하기 시작해 수사가 예상보다 훨씬 길어졌다. '그 일' 이후 가깝게건 멀게건 '그 일'과 연루되지 않은 사람 중에는 마을을 뜬 사람이 많다. 그러나 떠날 수 없는 사람이 더 많았다.

여기까지는 모두 신문에서 보도된 그대로다. 그다음은 아무도 몰랐다. 사람들은 그가 감옥에 있다고 믿었기에 그 일이 해결되었다고 믿었다. 하긴 감옥은 감옥이다.

그런데, 조대완은 감옥에서 죽지 않았다. '그 일'이 있은 후에도 수년이 지나, 감옥에 있는 줄로 알고 있었던 그가 다시 한 번 마을에 나타났기 때문에 사람들은 그 사실을 알게 됐다. 그때야 사람들은, 그가 벌써 얼마 전부터 감옥이 아니라, 심각한 정신질환의 판정을 받고 치료감호를 받기 위해 병원에서 지내고 있었다는 것을 뒤늦게 알았다. 그가 없는 사이 조대완 가족은 지금, 저 앞산의 집으로 피신해갔다. 동네를 뜰 수도 없는 처지였다.

그 집 뒤에는, 예전에 이 산이 훈련장으로 쓰였을 때 만들어놓은 방공호 같은 것이 있었는데, 집에 와 있는 단 하룻밤, 없애지 않고 놔두었었던 방공호 속에서 폭발물 사고로 죽었다. 왜 그가 한밤중에 방공호까지 갔는가? 소문에는 조대완이 잠시 병원의 허락을 받고 집에 들른 그날을 기다려 조대완의 모친이 아들을 유인해, 그곳에 오래전부터 넣어두었던 가스통을 폭파시켰다던가.

그것도 알 수 없는 얘기다. 죽은 걸 직접 본 사람이 없으니. 어떻건 조대완의 사인은 이래서 가스폭발 사고다. 조대완은 이렇게 죽은 것으로 돼 있다. 그는 죽었다. 바로 직후 조씨 가족도 모두 이 동네를 떠났다. 어느 누구도 소식을 전해 들은 적 없고 그들을 본 적도 없다.

피해를 본 마을 사람들은 보상으로 땅을 '되돌려 받았다'. 이 과정은 또 얼마나 길고 지루한 갈등을 만들었던지. 왜 보상이 아니라 되돌려 받았다고 하는가. 왜 싸움이 일어났는가. 지금은 이렇게 우거진 이 산은 조대완이 불하를 받아 땅주인이 되기 전, 육군 제 ○○○○ 부대 훈련장을 만들기 위해, 토지수용령을 발동해 주민들에게서 사들여 약 일주일 만에 민둥머리 둔덕으로 변모했던 곳이니까. 오랫동안 훈련장으로 쓰이다가 부대가 떠나고 훈련장이 철수되자, 그때 군대를 떠난 지 얼마 되지 않은 조대완이 그만큼 싼값에 사들인 거니까.

조대완에 대한 소문도 여러 가지다. 조대완이 감옥

이 아니라 병원에 있었던 것은 그의 상관에 대한 충성의 보답이라든가, 혹은 불하받은 땅의 진짜 주인은 따로 있다든가 하는 종류의 소문들이다. 그 복잡한 사정을 아무나 알 수 있나. 그러니, '그 일'의 피해자로서 보상받으려는 사람, 그 기회를 통해 오래전에 억울하게 뺏긴 땅 되돌려 받으려는 사람……들이 서로 부딪쳤을 수밖에…….

"일 빼기 일은 얼만지 알아요, 젊은이들? 일을 뺏겼다가 일을 다시 얻으면 얼마가 될지?"

"네……?"

"다들 원점으로 돌아왔다고 영이라 할 테지. 그렇지만 아니야. 마이너스 일이야. 여기서는 그렇게 셈한다구. 결코 메꾸어질 수 없는 마이너스 일이지……."

나와 민구는 모든 장면이 눈앞의 대형화면에서 펼쳐지듯, 앞산의 빈터를 주시하면서 배수관 공사 아저씨의 얘기를 들었다. 아저씨가 노파를 봉고에 태우고 떠난 뒤에도 우리는 멍하니 그쪽만 바라보고 앉아 있었다. 빗줄기가 아주 굵어졌고 또 저녁이 돼서 한 치 앞이 안 보이는데도 아무 말도 없이 앉아 있었던 것이다. 음악을 틀어놓을 생각도, 이제 겨우 배수관 공사가 끝난 목욕탕에 빗물이 들어가지 않게 문을 닫지도 않고. 만약 누군가가 우리를 보았다면 숲과 골짜기에 쏟아지는 소나기의 장관을 감상하는 철없는 젊은이들이라고 했을 것이다. 숲이 얼마나 무서운데. 골짜기와 소나기가 얼마나 무서운 건데.

우리는 결국 아무에게도 우리의 '그 일'에 대해 자세하게 얘기할 기회를 갖지 못했다. 설령 얘기했다고 치자. 우리가 마을을 돌며 수소문할 때, 그때 이상의 도움이나 조언을 받았으리라는 생각이 들지 않는 것이다. 그런 사람이 동네에 있는데 모른다는 것이 말이 되는가. 그들은 알고 있는 것이다. 그 남자는 빈터에만 내려오고, 빈터는 그 작자의 자리라는 것을. 그렇게 그 사람들은 살고 있었던 것이다.

후에 기회가 생겼어도 '그 일'에 대해 마을 사람들에게 말하지 않기로 우리는 작정을 했다. 그렇지만 마을 사람들과 같은 이유는 아니었다. 왜냐하면 우리는 장마가 시작되던 날 '그 일'에 대해 들은 다음에, 우리의 '그 일'의 남자가 죽었다고 치부하기로 했기 때문이다. 우리는 꼭 그런 것처럼 했다. 죽지 않으려고 안간힘을 쓰는, 그럼에도 죽어서 벌거벗겨진 몸에서 발기하고 있는 성기의 연상이 우리 머리를 스칠 때 그것은 아주 을씨 년스러웠지만 그래도 죽은 사람은 죽은 거다, 라고 생각하기로 했다.

그날 배수관 공사를 해주고 간 뒤 천우공사 아저씨는 다시 나타나지 않았고 우리도 목욕탕 나머지 일을 마무리 해달라고 조르러 찾아가지도 않았다. 사실 배수 공사가 되어 욕조가 놓였으면 됐지 무슨 마무리가 있겠는가. 우리는 그 후 목욕탕에 발도 들여놓지 않았다. 그래서 붙여진 타일들은 조금씩 떨어지고 새 타일들은 먼지를 뒤집어쓰고 그대로 목욕탕 시멘트 바닥에 놓여 있다. 타일이 붙여지지 않은 시멘트 벽과 바닥은 참 추하구나, 우리는 그렇게 생각하면서도 아무 일도 하지 않았다. 하긴 비가 너무 내려 공사한 사람 말대로 장마가 끝나 시멘트가 완전히 굳을 때까지 기다려야 하니까. 그렇지만 가끔 반짝 갠 날이 있었으니 벌써 굳었는지도 모른다. 나도 민구도 그걸 만져보러 목욕탕 안으로 들어가는 수고를 하지 않았다. 장맛비가 너무 들이쳐 문을 닫아놓았을 뿐이다. 화란이는 다시 밖으로 내놓았다.

86

장마가 계속되는 내내 우리는 앞산을 쳐다보지 않았다. 사실 비가 굵어질 때는 아무것도 보이지 않는다. 가끔, 무섭게 번개가 치고 천둥이 울릴 때, 화란이가 앞산에 대고 짖어대기 때문에 그쪽을 쳐다볼 때가 있다. 글쎄 그때 한 번쯤 그 남자의 모습을 본 것도 같다. 여전히 얼굴은 보이지 않는 추레하게 벗겨진 늙은 육체가 자행하는 반복적인 움직임. 우리는 집에 있을 때면 최고의 볼륨으로 음악을 틀어놓는다. 골짜기가 쩌렁쩌렁 울리도록. 음악에 대해서는 아무것도 모르면서, 우리는 음반을 자주 사게 되었다. 우리는 연속적으로, 무작위적으로 음반을 올려놓는다. 베토벤에서 이미자까지. 김종서에서 데이비드 보위까지. 적어도 '그 일' 덕분에 음반은 늘었다.

그렇지만 우리는 집에 늦게 들어온다. 일이 끝나면, 내가 서울 민구의 직장 근처로 가거나, 그가 A시 병원 앞으로 나를 찾아온다. 우리는 밖에서 저녁을 먹고 하릴없이, 비가 퍼붓는 후덥지근한 거리를 쏘다닌다. 아예 집에 들어가지 않는 때도 있다. 화란이가 걱정되지 않는 것은 아니었지만 그런 생각이 미칠 때는 이미 자정이나 한시가 넘곤 했다. 그때 들어가 다시 새벽같이 출근하느니…… 우리는 여관으로 들어간다. 이 집으로 이사 오기 전에 때때로 그랬듯이. 그때나 이때나 우리는 여관에서 사랑을 나누는 것을 싫어한다. 영화에서도 소설에서도 성인만화에서도 사람들이 질릴 정도로 그 일을 하러 여관에 가니까. 우리가 따로 살 때, 각자의 집으로 가기에는 너무 늦은 시간, 그저 서로 옆에 있다는 것을 확인하면서 편안한 잠을 자기 위해서 여관에 갔었다.

이제 우리는 같이 사는데도 여관에 간다. 우리는 목욕탕 표시가 있는 여관을 고른다. 찌그러진 주전자와 얼룩진 요를 한옆으로 치워두고 냄새나는 여관 목욕탕에서 목욕을 한다. 그리고 우리는 절망적으로 지루해진 표정을 하고 사랑을 나눈다. 나눈다고 할 수 없다. 사랑을 한다고 할 수 없다. 우리의 원칙에 어긋나지만 그렇게 해본다.

이튿날 집에 들어갔을 때, 간밤의 폭우로 낮은 시멘트 축대의 한 귀퉁이가 무너져내려도, 더러워진 화란이가 달려들어도 우리는 별달리 신경을 쓰지 않는다. 그렇게 장마가 계속됐다. 여름이 그렇게 지나갔고 가을도 그렇게 시작됐다.

남자는 가끔 나타났다. 어쩌면 우리가 생각한 것보다 더 자주 나타났는지도 모른다. 우리는 그때마다 더

한층 크게 음악을 틀어놓는다. 동네에서 한 번 누군가가 올라왔다. 그래서 잠시 소리를 줄였다가, 조금 있다가 다시 크게 틀어놓았다. 우리는 멍하니 그 남자를 바라보고 웃었다. 때로는 손가락질을 하며 나오는 웃음을 멈추기 어려웠다. 우리는 생각했다. 가을이 되어 추워지면 그 사람은 한동안 벌거벗고 나타나 그 짓을 할 수 없을 거야. 죽은 자도 추위는 참지 못할 테니까.

날씨가 쌀쌀해진 어느 날 저녁, 우리는 여느 날과 똑같이 귀가했다. 그리고 누가 먼저랄 것도 없이 목욕탕으로 향했다. 민구의 목소리는 계절답게 건조했다.

"겨울이 되기 전에 목욕탕을 시험해봐야지? 시멘트가 잘 말랐는지, 물이 잘 빠지는지……."

"시멘트는 아주 바짝 말랐구나. 물을 틀어볼까?"

물도 잘 빠졌다. 욕조 바닥에는 흙, 먼지, 지푸라기들이 눌러붙어 있었다. 우리는 호스로 바닥을 씻고 비누를 묻혀 솔로 욕조를 닦고, 알맞게 미지근한 물을 가득 채웠다. 선호하는 목욕물의 온도가 같은 것은 우리가 같이 사는 데 도움이 된다. 그리고 벌써 한 계절 전에 사다놓은 목욕용 액체 비누를 풀어 거품이 넘쳐나게 했다. 물은 기분 좋은 향기를 풍겼고 여린 김이지만, 붙이다만 타일 벽에 김이 서렸다.

우리는 옷을 벗고 욕조 안으로 들어갔다. 민구는 수도꼭지가 있는 쪽에, 나는 그 반대편에 자리를 잡고 앉았다. 욕조가 작은 것이 흠이라면 흠이지만 어느 욕조나 둘이 들어가면 작아 보이게 마련이다. 물의 온도는 우리 몸에 딱 알맞게 따뜻했다. 우리는 서로를 마주 보고 다소간 쓸쓸하게 웃을 필요는 없다.

"이제 그 남자 안 나타나네."

"적어도 내년 봄까지는 죽어 있을걸. 내년 봄에나 보자구."

몸이 노곤해지는 걸 느끼면서, 우리는 봄이 되기 전에 빈터에 전나무를 심어버리는 것은 어떤가, 그런 얘기를 했다. 늦은 가을쯤에. 빈터에 나무를 심겠다는데 반대할 사람 있으면 나오라지. 마을 사람들은 미처 그런 생각을 하지 못했을 수도 있다. 그곳에는 늘 빈터가 있었으니까. 숲속의 빈터란 수도 없이 널려 있으니까.

알맞게 따뜻한 욕조의 물속에서 우리 몸은 오랜만에 이완되었다. 우리는 하품을 하면서 중얼거렸다. 아 ─ 아, 우리는 전나무 심는 데 열심일 거야, 그렇지?

전나무에는 여러 종류가 있다. 우리는 아직 우리가

심을 전나무 종류를 고르지는 않았다. 제일 평범한 거로 심지 뭐. 전나무는 소나무과에 속하는 늘푸른큰키나무다. 소나무처럼 진이 나오며 곧게 높이 자라는 작은 비늘이 있는 잿빛 껍질에 덮여 있다. 봄에 꽃이 피고 가을에 솔방울 같은 열매가 열리는데, 추위에 잘 견디며 숲을 이루는 나무다…….

가을에 심는 전나무가 잘 자랄는지 우리는 알 수 없다. 우리는 더 이상 목욕탕을 열망하지 않을 것이다. 타일 벽은 지금 있는 그대로 반쯤 붙어 있을 것이다.

빈터, 빈 타일, 빈 시간

최성실(문학평론가)

1. 최윤에 관한 짧은 필름 하나

재작년 독일 가기 삼 일 전에 최윤을 만났었다. 잡지 대담을 핑계 삼아 만난 우리는 오랜 시간 '대화'를 나누었다. 가끔 그녀의 연구실에서 차를 마신 적도 있지만 그렇게 앉아서 이야기를 나눌 만큼 한가하지는 못했다. 학교 종소리(서강대는 수업시간을 알리는 종을 쳤다!!)가 여지없이 우리 사이를 비집고 들어와 서로 아쉬운 눈빛만을 주고받으면서 헤어져야 했던 것이다. 그날은 심지어 한국이라는 사회가 얼마나 구조적으로 여자에게 불합리한 의무와 책임을 떠안기는 나라인가(어디 한국뿐이랴)에 대해서, 여자로서 '여자'에 더(?) 관심을 가질 수밖에 없는 현실의 비참함에 대해서까지 이야기를 했던 것 같다. 끝없이 되풀이되는 악순환에서 벗어나기 위해 감당해야 하는 무게의 짓눌림. 그 지리멸렬함에 대해서. 그리고 헤어질 무렵 그녀로부터 이별의 입맞춤을 선사받았다(입술이 아니라 볼에……).

최윤의 논리 정연하고 자기주장이 뚜렷한 말씨, 유쾌한 웃음, 매사에 호기심을 드러내는 소녀 같은 천진스러움(?), 작가로서 물러서지 않는 자의식, 섬세하고 분명함, 그리고 결정타로 날리는 이 서정성!

2. 놀이, '절망'을 벼리는 느린 호흡

최윤 소설에는 '아우라'를 교란시키는 말의 흐름이 있다. 그 말의 흐름이 여러 개로 팬 홈통을 통하여 흘러들어간다. 강요하지 않는 문체, 오히려 부려놓은 단어나 선택한 문장에 대해서 자신 없어 하는 듯한 말의 흐려짐, 단어 하나 문장 하나가 그 자체로서는 별다른 의미를 지니지 않지만 서로 얽히고 지워진 흔적 위에서 비로소 의미가 드러나는 텍스트. 작가는 소설이 향유할 수 있는 언어적 풍요로움을 마음껏 즐기면서 언어를, 이야기를 배반하고 고집스럽게 매달려왔던 서사의 기본틀을 과감하게 던져버리기도 한다. 이러한 문체의 특징이 80년대 후반에서 90년대로 넘어오는 사이에 글쓰기를 시작한 작가에게서 나타났다는 점에서 한 번쯤 생각해볼 여지를 남긴다. 작가를 따라가기보다는 차라리 인물의 행동이나 말씨에서 떨어뜨려진 부스러기를 모아서 사소한 것을 통해 의미를 반추해야 하는 소설 쓰기는 인물 선택이나 사건을 다루는 방식, 혹은 달라진 시대적 상황에 따라 변모하는 작가의 사유방식, 매체의 변화에 따른 글쓰기 형태의 변화까지도 함께 생각해볼 여지를 남긴다.

소위 영웅 중심의 소설에서 아웃사이더의 인물이, 일상성의 문제가 중요한 화두로 드러나기 시작하면서 변한 작가의식 중에 두드러진 점은 아마도 언어에 대한 자각에 있을 것이다. 시의 언어만이 아니라 산문 언어의 전략적인 사용에 대해서 고민하는 작가들의 등장은 아마도 비판적인 의식을 날것으로 드러내는 것보다는 치밀하고 섬세하게 언어를 다루는 방식을 통해 이전

과는 다른 글쓰기 형태를 선택해야 한다는 시대적인 상황논리와 밀접한 관계가 있을 것이다. 그 시대적인 상황은 '정치의식'이 아니라 '정치적 무의식'을 문제 삼는 변화논리와도 밀접한 관계가 있을 것이다. 어쨌든 '과거'라는 시간대로 돌아갔다가 안개에 싸여 흐려지는 산처럼 그 사라져버린 흔적을 게워내어 시간을 섞고 공간을 섞어 진공상태의 빈터를 만드는 일, 최윤의 정치적 무의식은 그 빈터를 찾고자 하는 욕망에 의해서 움직인다.

이는 최윤의 소설집 『저기 소리 없이 한 점 꽃잎이 지고』나 『속삭임, 속삭임』에서도 감지할 수 있었던 것이다. 이러한 식의 글쓰기는 지극히 현실적인 문제, 역사적 사실, 그 자체를 다루기보다는(그것을 일종의 밥이라고 한다면) 그와는 거리를 두고 관찰할 수 있는 범위 내에서 다소 조심스럽고 두려움에 찬 다양한 언어놀이(일종의 반찬이라고 할 수 있는)로 나타난다. 「워싱턴 광장」, 「푸른 기차」, 「속삭임, 속삭임」에 등장하는 인칭대명사에 묻어나는 특징적인 냄새들, 묘사되고 있는 사물들의 다양한 속삭임, 독자에게 능동적으로 해석의 약호들을 풀어가라고 쳐놓은 그물들, 그런 것들을 들여다보라. 특별하게 파괴적인 느낌을 주고 있지는 않지만 내부에서 균열을 일으키는 사유의 다양한 측면들을 보게 될 것이다.

이렇게 기교나 실험성을 동반하지 않고 텍스트에 다층적인 의미와 울림판을 만들어내는 것이 최윤 소설의 특징인 것이다. 사실 이러한 울림판으로 최윤이 공명해내는 것은 '부재'에 대한 그리움이나 '없는 것'에 대한 동경 차원의 것은 아니다. 왜냐하면 앞으로 존재할 것들을 그리워하기에 최윤은 잊고 싶은 과거로부터 그리 자유롭게 달아나지 못하기 때문이다. 그리하여 최윤의 소설은 현실적인 절망보다 더 극한적인 절망에 대한 '상상'으로 현실적인 고통을 버티려는 수렴의식과 그 절망이 타자에게 전이되어 보편적인 절망으로 자리하게 되는 확산의식의 긴장 속에서 전개된다. 머뭇거리는 호흡은 끝까지 내달을 경우에 그 파국이 주는 엄청난 절망감을 다시는 겪고 싶지 않다는, 절망을 버리는 간절한 소망으로부터 나온다. 이것이 '그리움'이 아니라 '승화'임을 최윤 소설의 결말을 통해서도 짐작할 수 있다. 이미 우리가 머릿속으로 그리고 있는 화해의 순간을 어김없이 우리에게 제시해주는 최윤 소설의 결말은 이러한 측면에서 본다면 상당히 정치적인 의미를 갖고 있는 것이다. 어쩌면 그것은 한 번도 자신의 의지대로 굴러간 적이 없는 세상에 대한 버릴 수 없는 연민의 감정일는지도 모른다. 그 안쓰러운 연민의 감정이 자신을 포함하여 타자에게로 확대되면서 소설이라는 이름으로 미화되어 나타나는 것은 아닐까. 아름다운 꽃잎 속의 가시, 일상 속에 숨어서 '우연'으로 다가오는 테러리즘의 공포와 공간 속에 시간이, 시간 속에 공간이 엉겨 한바탕 홍역앓이를 하게 하는 소설, 그 붉은 반점 때문에 잠자리가 불편한 소설, 『숲속의 빈터』의 매력은 거기에 있다.

3. 일상의 테러리즘, 공포, 우연

내 손에 들려 있는 『숲속의 빈터』는 중심사건과 전혀 관계가 없는 사람이 어떤 사건에 '우연'이라는 이름으로 얽혀들어 난데없는 피해자가 되는 상황과 이에 대처하는 두 사람의 행동에 내포된 상징적인 의미에 관한 이야기다. 이 인물들은 당연히 영웅도 아니지만 그렇다고 사건을 비판적인 시선으로 바라보는 아웃사이더도 아니라는 데 최윤의 재미있는 발상이 숨겨져 있다. 그러니까 최윤 소설에 드러나는 인물들의 특징은 이를테면 상황에 대해서 시치미를 떼고 있는 것 같지만 언제든지 자신의 처지에 대해서 문제의식을 가지고 중심사건으로 들어가 그 사건의 실마리를 풀어보려고 노력하는 아웃사이더의 인물과는 다르다는 것이다.

좀 더 구체적으로 말하자면 『숲속의 빈터』는 도심지에서 일어나는 쓸데없는 간섭과 분주함(일종의 폭력)을 피해 도심 외곽에 거처를 정해서 동거를 시작하는 그저 평범한 남녀를 중심으로 일어나는 이야기다. 비행사가 되고 싶었지만 간호사로 일하는 '나'와 고독한 철학자가 되고 싶었지만 제약회사 사보를 만드는 '민구'에게 그 사건은 신혼이 아니라 공포의 나날을 가져다준다. 새로운 출발을 위해 선택한 곳에서 오히려 지상에서 더할 수 없는 최악의 상태에 직면하게 된다. "자기들끼리는 엄청난 짓거리를 벌이면서도 우리 같은 사람들을 보면 세상의 끝이라도 봐버린 것처럼 펄쩍 뛰는 사람들"을 피해 이곳으로 이사를 왔음에도 불구하고 또 피해야 하는 상황에 직면하는 아이러니를 경험하게 되는 것이다. 사실상 숲속의 빈터가 보이는 언덕바지에 위치한 그들의 드림랜드는 목욕탕을 제외하고는 한껏 만족감을 심어주었다. 그런데 그런 만족감도 잠시, 그 숲속에서 자위행위를 하는 정신이상자, 그것도 오래전에 총을 난사해 마을 사람들을 죽인 늙은이를 발견하게 되리라는 것을 누가 알았겠는가. 나중에 밝혀진 그 늙은이의 정체는 육군 출신의 정신이상자였다. 〔엄밀하게 따지면 그 노인 또한 설득(이데올로기)과 강제라는 이중수단에 의해서 유지되는 군대라는 테러리스트 사회의 희생양이다.〕

이렇게 숲속의 빈터라는 꿈의 동산은 언덕바지에서 성기를 내놓고 '그 짓'을 하고 있는 늙은 사람의 출현으로 공포의 동산이 된다. 그러니까 도시에서 일어날 수 있는 모든 간섭과 사람들의 군더더기 말들에 휩쓸리기 싫어서 숲속에 자신들만의 공간을 만든다는 것 자체가 이루어지기 어려운 '상상'이었던 것이다. 전혀, 그 사건과 전혀 무관한 젊은이들에게 알려진 이 기막힌 사건은 숲속이라는 공간(+) 속에 마을이라는 공간(-)을, 현재 시간(+)에 과거의 시간(-)을 엉겨 붙게 한다. 그리고 자신들이 맞닥뜨린 현재의 시간과 공간에서 벌어진 일은 이미 그 과거라는 시간 속에 존재했었던 것이며 그 것이 '우연'이라는 이름으로 드러난 것뿐이라는 데 중요한 의미가 있다. 마을을 거닐다가 총에 맞아 죽은 자들과 지금 숲에서 공포에 떨고 있는 이들은 일상에 내재해 있는 테러리즘의 희생자들이다. 그리고 이러한 측면은 오랜 시간이 지나 잊혔다고 생각했던 것조차도 자신과는 전혀 무관해 보이는 듯한 사건의 피해자로 전이되어가는 과정을 보여준다는 측면에서 의미가 있는 것이다.

그런데 더 중요한 문제는 이러한 인물 설정과 그들의 행동을 유발하는 의식상태에 있다. 마을 사람들을 죽이고 분명 감옥에 가 있어야 하는 사람이 정신이상자로 살아남아 있다는 사실은 소설적 트릭이면서 끝나지 않은 과거사의 일부를 현재의 시간으로 옮겨놓는 역할을 한다. 그리고 그 사건과는 완전히 무관해 보이는 듯한 이 숲속의 동거인에게 감염되는, 기억하고 싶지 않은 그 마을의 사건은 아직도 역사의 판정을 기다리는, 아직도 끝나지 않은 미완의 세월을 상징적으로 드러내준다.

따라서 이 소설은 「저기 소리 없이 한 점 꽃잎이 지고」에서 보여주었던 광주사건의 아웃사이더였던 소녀,

혹은 「속삭임, 속삭임」의 아재비와 송이라든가, 「문경새재」의 운동권 출신의 도망자와 이를 방관하는 경찰관과의 관계와 전혀 다르다. 그리고 『겨울, 아틀란티스』에서 보여주었던 이야기에 대한 집요한 질문을 던지는 인물의 소설적 트릭과도 거리가 있는 것이다. 요컨대 『숲속의 빈터』는 일상 속에 잠재해 있던 테러리즘의 공포에 맞닥뜨리고 그 폭력을 승화시키고자 하는 제3자의 인물이 등장한다는 측면에서 중요한 의미를 내포한다.

4. 텅 빈 공간, 진공상태의 현재 — 숲속의 '빈터', 목욕탕의 '빈 타일'

『숲속의 빈터』는 "연한 녹색 타일이 좋겠는데……어떻게 생각해? ……여보?"라는 장난기 있는 어투와 문장으로 가볍게 시작하여 "가을에 심는 전나무가 잘 자랄는지 우리는 알 수 없다. 우리는 더 이상 목욕탕을 열망하지 않을 것이다. 타일 벽은 지금 있는 그대로 반쯤 붙어 있을 것이다."라는 무거운 여운을 남기면서 끝난다. 따라서 이사한 집에 목욕탕을 짓고자 했던, 그래서 간만에 "목적 있는 삶이란 참, 어쩌면 이다지도 신이 난단 말인가. 목욕탕을 설치하는 것 같은 시시한 목적일수록 더더욱."이라고 생각했던 이들에게 우연으로 다가온 그 사건이 얼마나 공포스러운 폭력이었는가를 되씹게 하는 것이다. 이렇게 일상의 테러리즘은 우연이라는 이름으로 찾아와서 삶의 목적을 갖고자 한 이들의 의도를 희롱한다. 그리고 잠재상태에 있는 폭력과 압력은 자기 조건의 안정을 유지하려는 자들에게 벗어던지기 힘든 짐을 부가하는 것이다. 그들이 짓고자 하는 목욕탕이 주는 상징적인 의미는 바로 여기서 비롯된다.

남녀가 서로 좋아하는 온도의 물을 받아놓고 목욕을 하고 싶어 하는 목욕탕이 주는 에로틱한 이미지는 다분히 긍정적이고 아름다운 장면을 연상시킨다. 반면 늙은이의 '그 짓'은 상당히 추하고 더럽고 공포스럽기까지 하다. 그 두 가지 이미지의 대위적인 효과는 소설의 이물감을 가중시키면서 불편한 시간과 공간대로 자연스럽게 이동하는 동기로 작용한다. 육군 지휘관 출신 늙은이의 과거사가 끼어들어온 현재의 시간대는 그들이 꿈꾸는 미래에 흠집을 내고 균열을 일으키는 결과를 낳게 되는 것이다. 이렇게 하여 목욕탕 짓는 일은 계속 뒤로 미루어지고 그 늙은이의 살인 행각, 정신질환자가 보여준 극치의 용서할 수 없는 살인 행각에 초점이 맞추어진다. 그리고 숲속의 빈터에 그 사람이 보이지 않게 전나무를 심자는 생각을 하기에 이른다. 이는 결국 우연과 그 우연이 가져온 폭력성의 필연성을 받아들이고, 무거움을 가벼움으로 전환시키려는 의지의 소산이다. 그러나 결코 메워질 수 없는 '마이너스'의 의미를 목욕탕의 '빈 타일'과 숲속의 '빈터'로 치환하는 섬세한 배려는 미완으로 남아 있는 과거에 대한 작가의 전언이다.

이렇게 『숲속의 빈터』는 현재를 움직이는 규칙은 과거에 있으며, 그런 한에서 과거, 또는 현재가 완료되는 것은 미래 속에서라는, 그리고 그 움직임의 동선이 아름답지만은 않다는 메시지를 함축하고 있는 깔끔한 소설이다.

우리의 과거는 미래에만 완성될 것이고 그래서 우리의 과거와 현재에 대한 알리바이는 미래에 있는 것이 사실이다. 그렇지만 어떠한 형태로 다가올지 모르는 과거의 폭력성은 미완의 과거 속에 웅크리고 있다는 것

또한 잊지 말아야 할 것이다. 우리의 미래는 우리가 살아온 지난 과거에 달려 있다. 그 시간적인 메워짐의 의미를 빈 공간, 빈터로 치환하여 표현하고자 하는 것은 공간 속에서 느낄 수 있는 시간의 혼재성과 삶의 구멍, 우연성 등을 구체화시키려는 작가적 의도의 소산이다. 한편으로는 우리 모두의 무의식 속에 구체적인 형태로 표현되지 못한 삶의 어쩔 수 없음, 그리고 끝나지 않고 현재에도 지속되는 과거의 폭력성, 우연하게 다가오는 공포스러움에 대한 반증이기도 한 것이다.

삶의 구멍과 그 구멍을 메우지 못한 자가 죽지 않고 되살아나 벌이는 이 웃지 못할 행위는 '빈터'가 '쉼터'가 아니라 뭔가 다른 이름으로 메워져야 하는 곳, 모든 것이 동시적으로 혼류하고 있는 공간임을 역설적으로 드러낸다. 이 공간이 '백색의 사각형'처럼 '트임의 장소'로 자리하는 것은 그 가능성 때문이다. 그 혼재의 공간에서는 현재의 시간 속으로 다양한 층위의 시간들이 겹으로 쌓인다.

그때 숲속의 빈터는 비극적인 충동을 상쇄하는 여지가 있는 땅이면서 여전히 혼재된 시간이 '붕붕'거리며 소리를 내고 있을지도 모르는 진공상태의 공간이기도 한 것이다. 여기에 전나무를 심어 과거의 잔여물을 가리려고 하는 행위는 최윤식 서정성이자 낙천성일 것이다. 그리고 이 서정성이 작가의 현실 인식에 중요한 모티베이션으로 작용한다는 사실도 덧붙이고 싶다.

숲속의 빈터

© 최윤, 2017, 2003, 1999

초판 1쇄   1999년 2월 22일
재판 1쇄   2003년 12월 10일
개정판 1쇄 2017년 5월 25일

지은이 / 최윤
펴낸이 / 박진숙
펴낸곳 / 작가정신
편집 / 김종숙 김나리
디자인 / 주영훈
마케팅 / 김미숙
디지털콘텐츠 / 김영란
관리 / 윤선미
인쇄 및 제본 / 한영문화사

주소 (10881) 경기도 파주시 문발로 207
대표전화 031-955-6230 팩스 031-944-2858
이메일 editor@jakka.co.kr 블로그 blog.naver.com/jakkapub
출판등록 제406-2012-000021호

ISBN 979-11-6026-041-0 03810

이 도서의 국립중앙도서관 출판시도서목록(CIP)은 서지정보유통지원시스템 홈페이지(http://seoji.nl.go.kr)와
국가자료공동목록시스템(http://www.nl.go.kr/kolisnet)에서 이용하실 수 있습니다.
(CIP제어번호 : CIP2017010039)